# Roukiata Ouedraogo

Roukiata Ouedraogo est née en 1979 au Burkina Faso. En 2000, elle décide de rejoindre son frère en France. Après avoir multiplié les petits boulots, elle devient maquilleuse professionnelle et travaille les week-ends pour financer ses études au Cours Florent. Depuis, elle enchaîne spectacles et seules en scène. Elle intervient sur France Inter, dans l'émission « Par Jupiter ! », où elle régale les auditeurs de ses chroniques humoristiques. *Du miel sous les galettes* est son premier roman, paru chez Slatkine & Cie en 2020.

**Retrouvez toute l'actualité de l'auteur sur :**
**www.roukiataouedraogo.com**

# DU MIEL SOUS LES GALETTES

MIXTE
Papier issu de sources responsables
FSC® C003309

L'éditeur de cet ouvrage s'engage dans une démarche de certification FSC® qui contribue à la préservation des forêts pour les générations futures.

Pour en savoir plus :
www.editis.com/engagement-rse/


ISBN : 978-2-266-31420-6
Dépôt légal : mars 2022

ROUKIATA OUEDRAOGO

# DU MIEL SOUS LES GALETTES

Slatkine & Cie

# 1

J'ai peut-être le profil, mais je ne suis quand même pas la seule. Pourquoi m'ont-ils choisie, moi ?

Et comment m'habiller ? Si je mettais mon pantalon blanc ? Il est bien fluide, comme ça, il tombe bien quand je mets des talons hauts. Oui mais, des talons, si je dois rester debout toute la journée… En même temps, je peux toujours prendre des tatanes dans mon sac à main et les mettre quand je n'interviendrai pas. Ils ne vont quand même pas me filmer tout le temps. Mais si je prends les tatanes, il faut aussi le grand sac en cuir, le brillant est trop petit. Je me connais, si j'emporte le grand je vais le remplir et il va encore peser une tonne ! Il faut que je me force à ne garder que mon portefeuille, mon téléphone, mes mouchoirs, ma trousse de maquillage pour les retouches, une écharpe s'il fait froid ou s'il y a la clim, une petite bouteille d'eau… Non, ça, il y en aura sur place. Heureusement que j'ai pu me faire les ongles avant la séance de sport, sinon, j'étais fichue. Il y a le pantalon noir qui est bien aussi, et puis ça irait mieux avec le sac noir. J'ai un doute, je l'ai bien pris le pantalon noir ? Il faut que je vérifie.

Demain est un grand jour pour moi, je serai officiellement la marraine de la Journée internationale de la Francophonie. Pourquoi moi ? Je n'en sais trop rien. Artiste française d'origine burkinabè imposant peu à peu mon français bizarre et mon gros accent sur les scènes de France et sur les ondes d'une grande radio nationale, j'ai un peu le profil. Mais je ne pensais pas que ma petite notoriété serait repérable par une institution internationale comme l'OIF. Ma joie et ma fierté dépassent ma modeste capacité d'autosatisfaction mais j'ai surtout un trac épouvantable. Lire des discours, serrer des mains, faire des interviews et, surtout, lire la grande dictée de la Francophonie.

*Madame la secrétaire générale de la Francophonie, Mesdames et Messieurs, honorables représentants des différentes délégations, honorables membres de cette grande institution qu'est la Francophonie, chers francophones de tous pays…* Non, j'avais dit : *de tous horizons*, c'est mieux ça, *de tous horizons. C'est un honneur, pour moi…* Ça fait peut-être beaucoup d'*honorables* et d'*honneur* tout ça ? J'ai la cervelle en bouillie, je n'arrive plus à me concentrer. Mille choses me traversent l'esprit. Il ne faudra pas que je me plante demain. La cérémonie sera filmée et diffusée dans tous les pays francophones, m'a dit la chargée de com. Si je me plante, ce sera un plantage planétaire ! Enfin, je dis demain, mais il est déjà 3 heures du matin et je n'arrive toujours pas à dormir. Je pensais, avec la séance de sport, que j'allais dormir comme un bébé. Et je suis là, à tourner dans mon lit, comme un ver de terre dans une assiette de piment.

Je verrai ça demain, je reste couchée et j'arrête de cogiter, il faut que je dorme. Demain sera une grosse journée. Récapitulons. Je dois être à 7 heures du matin au siège de l'OIF pour ma première interview à 7 h 30. Après… Qu'est-ce qu'il y a après, déjà ? Et puis le soir, au théâtre ! Je serai sur les rotules… Heureusement, cette nuit on m'a réservé une chambre dans un très bel hôtel tout près de l'OIF, avec un balcon qui donne sur la tour Eiffel. Demain matin je n'aurai pas à courir.

Je n'arrive toujours pas à dormir, et les pensées se bousculent dans ma tête. J'ai déjà le trac, et le sommeil me boude. Je ferme les yeux un instant, j'écoute le silence.

Quand j'étais enfant, maman me tapotait les fesses pour m'endormir. Mais là, il faut trouver une autre solution. Je ne vais pas me tapoter les fesses toute seule. Tiens, je vais compter les moutons, comme on dit ici, en France. La première fois que j'ai entendu cette expression, ça m'a fait sourire, comment peut-on compter des moutons pour s'endormir ? Pour compter, on a besoin d'être concentré, et quand on est concentré, on ne peut pas dormir. Les Français s'amusent avec nos proverbes africains, mais, parfois, leurs expressions…

Je regarde sur le côté droit du lit pour m'assurer que les textes de toutes mes interventions et tous les discours que j'ai écrits sont bien là, sur la table de chevet. Je les ai tous répétés et je les connaissais par cœur avant de me coucher. Cela me rassure de les avoir près de moi. Je me demande si la robe ne serait pas mieux qu'un pantalon. Le pantalon, c'est chic, mais la robe, c'est classe. Heureusement que j'ai tout pris. La valise était un enfer à transporter, mais au moins j'ai le choix. Je choisirai tout à l'heure. Plus tard. Demain. La robe, c'est classe, mais le pantalon…

Mon téléphone vibre et fait vibrer la table de chevet. Je me dresse comme un ressort et me précipite pour l'éteindre… Il est 6 heures du matin. Je replonge dans l'oreiller. Je dormirais bien encore un peu. Si je gagne cinq minutes de sommeil en plus, ça va m'arranger. En tout cas, ça ne va pas me mettre en retard. Cinq minutes. Non ! Je me donne un coup de fouet et je me redresse, il est plus judicieux de descendre prendre un petit déjeuner et d'attaquer la journée.

Le salon, décor cossu, est presque vide. Les seuls à être attablés sont un couple de touristes, peut-être des Américains, ils ressemblent à l'idée qu'on s'en fait. Ils sont tous les deux penchés sur un guide touristique, et discutent entre eux du programme de la journée. La tour Eiffel n'ouvre qu'à 9 h 30. Je suis bien placée pour le savoir, c'est la première chose que j'ai faite en arrivant en France. J'étais tellement pressée d'y monter que je suis arrivée deux heures avant l'ouverture au public. Depuis ce jour-là, je sais que j'ai le vertige.

Ces deux touristes pourront toujours marcher dans les rues de Paris pour voir la ville s'éveiller. Ils ont de la chance, il fait beau aujourd'hui. À cette heure, Paris commence à s'activer, les gens sortent des stations de métro, les rues s'emplissent de véhicules de toute sorte, du camion de livraison à la trottinette. Les joggers profitent d'un air encore respirable, comme ce type en sueur qui passe dehors, devant la baie vitrée. Tiens, le jogger entre dans l'hôtel, c'est un client. Mon Dieu, comment font les gens pour avoir le courage de se lever aux aurores et courir ? Moi, si je n'étais pas obligée d'être debout, je serais encore au lit. Vivement ce soir que je me couche.

J'ai pris deux pancakes, un verre de jus d'orange frais, une tasse de thé. Il me faut de l'énergie aujourd'hui. Mon regard s'arrête un moment sur les pancakes, ils ont la taille et l'aspect des galettes que ma mère faisait quand j'étais enfant. Je sens mon esprit glisser, comme si le sommeil m'avait suivie depuis ma chambre jusqu'au salon et me tirait la tête en arrière. Je me laisse faire. Je ne m'endors pas sur ma tasse de thé, mais je laisse mes pensées filer dans la direction qui leur plaît. Je tartine une des crêpes de miel, je la porte à ma bouche. Je replonge à Fada N'Gourma. Les galettes de maman.

## 2

Malik et Kader ont posé sur la table les galettes qu'ils viennent d'acheter. Malgré les trois couches de papier journal dont la vendeuse s'est servie pour les emballer soigneusement, on sent l'appétissant parfum de sucre et de beurre de karité.

À Fada N'Gourma, dans la cour, les coqs chantent et poursuivent les poules, en alternance. Les canards se suivent à la queue leu leu, jusqu'à la petite mare située derrière la maison. Et le chien du voisin aboie mécaniquement dès qu'il entend un bruit.

Papa est assis dans son transat. Il écoute les nouvelles du jour à la radio, en buvant son café. Maman, debout, s'active à refroidir la bouillie de petit mil en la vidant d'une calebasse à l'autre. La petite chose collée au dos de maman, c'est moi.

Vous ne pouvez pas imaginer le bonheur que me procure le fait d'être accrochée au dos de ma maman et de danser avec elle au rythme de ses mouvements. Je m'en souviens très bien. Et si j'avais oublié, il me suffirait d'observer n'importe quel bébé africain, fixé par un pagne au dos de sa mère, pour comprendre que ce bonheur est indescriptible. On dit que les premières femmes, dans les premiers temps de l'humanité, portaient leurs enfants sur leur dos et que cette première marche nomade rappelle à tous les bébés du monde ce mouvement perpétuel qui les rassure immédiatement quand ils pleurent.

La psychologie moderne explique aussi que l'enfant ne fait pas immédiatement la distinction entre son corps et celui de sa mère. Si c'est le cas, cette phase de transition entre le ventre de la mère et le monde extérieur s'illustre parfaitement dans cet art fusionnel de porter les bébés. Maman se servait d'un pagne suffisamment grand et solide pour me fixer à elle. Elle pouvait ainsi vaquer librement à ses occupations sans avoir à se préoccuper de moi. Moi, j'avais, de ce poste d'observation, une vue à hauteur d'homme du monde qui m'entourait, je pouvais nourrir à loisir ma curiosité infinie.

Quand je suis arrivée en France, j'ai été surprise de voir les mères promener leurs enfants dans des poussettes. Le petit Français est déconnecté de sa mère, qu'il ne sent pas, ne voit pas, il l'entend à peine et, en plus, il lui tourne le dos. Il ne peut percevoir le monde qu'à hauteur de chien et sa mère n'a même pas les mains libres. Je sais que pour ce bébé que je viens d'avoir je n'utiliserai jamais de poussette.

Lors de sa première grossesse, et après l'accouchement, maman avait été conseillée par une vieille dame qu'on appelait tous Yaaba, elle conseillait d'ailleurs tout le monde dans le quartier. Maman avait perdu sa mère très jeune, elle ne pouvait compter que sur elle-même. Cette grand-mère collective était une bénédiction pour elle.

Maman était ce qu'on appelle en Occident une femme au foyer. Elle avait, en sus, développé une activité commerciale occasionnelle. Elle travaillait sans arrêt, s'occuper de sept enfants était un boulot à temps plein. Mes frères et sœurs avaient quelques années de plus que moi, mais elle devait toujours avoir un œil sur eux. Elle tenait par-dessus tout à ce qu'ils aient une bonne éducation, c'était même sa priorité, sa mission. Avoir un enfant est un événement important dans la vie d'une femme partout dans le monde. Mais en Afrique, dans la plupart des foyers, en plus des tâches ménagères, la responsabilité de l'éducation des enfants incombe aux femmes. Chez nous, la femme est considérée comme détentrice des valeurs morales, culturelles, traditionnelles et sociales. Elle est la gardienne du foyer, comme on dit dans les manuels scolaires. Une femme qui sait s'occuper de ses enfants est donc la garante d'un foyer paisible.

Toutes nos traditions relatives à la vie domestique visent à expliquer aux mères que si l'enfant grandit dans une famille où règnent l'amour et la sécurité, il deviendra un adulte fort et sain, capable d'affronter les épreuves de la vie. En cas de dérapage, si l'enfant refuse de se plier à certaines règles ou, pis encore, en cas d'échec, la mère est immanquablement montrée du doigt. Aux yeux de tous, elle est l'unique fautive, la seule responsable de l'éducation ratée de l'enfant. Jamais le père ne sera mis en cause. Et lorsque la réussite de l'enfant est assurée, on félicite toujours le papa. Il est perçu comme celui qui a su donner les conseils adéquats à la mère qui, ensuite, a su les faire entendre à l'enfant. La sagesse de l'homme ruisselle sur l'ensemble de la famille, c'est comme une sorte de théorie familiale du ruissellement. Il faut sortir de ce bain-là pour prendre un peu de recul, pour en saisir le ridicule.

Maman était une très belle femme. Un teint noir, des lèvres fines, un petit nez joliment retroussé, une chevelure souple. À l'exception de son teint, elle tenait tout de sa mère, qui était peuhl. On disait de ma grand-mère qu'elle était tellement belle qu'on l'avait surnommée Kanzanga, « celle qui a tout rassemblé ». Grande, des hanches larges, une taille fine et surtout la peau claire, ce qui est souvent un critère majeur de beauté en Afrique. Moi, je trouve qu'une peau noire est aussi jolie qu'une peau claire, mais c'est ainsi.

Maman était de grande taille, elle imposait son allure au monde. Elle était solide comme un roc. Elle avait élevé ses enfants dans le respect de l'autre, dans l'acceptation de soi et surtout dans le courage. Sept enfants sont sortis de son ventre et j'ai été la dernière. Maman avait trente-cinq ans quand je suis née.

Chaque fin de mois, une douzaine de femmes se réunissaient dans notre cour, sous le grand tamarinier. Maman organisait une tontine. Chacune des femmes mettait deux mille cinq cents francs CFA au pot commun, qui était ensuite attribué à l'une d'entre elles. Le mois suivant, c'était une autre qui en bénéficiait, et l'opération se répétait ainsi jusqu'à ce que chacune ait eu le droit à sa part. L'argent récolté permettait à certaines de développer de petites activités, comme la vente, l'élevage, la teinture, voire la restauration. La pratique de la tontine est très courante en Afrique. Elle fait partie de ces mille et une manières simples et pratiques qu'ont les populations démunies de compenser, comme elles le peuvent, les grands déséquilibres de l'économie mondiale.

Les participantes de la tontine bénéficiaient de versements en fonction du numéro qu'elles avaient tiré au sort. Mais il pouvait arriver que l'une d'entre elles soit dans le besoin. À ce moment-là, elle sollicitait une réunion pour demander à celle qui devait récolter l'argent de lui laisser son tour. Le système reposait sur l'honnêteté et la bonne volonté de chacune. Il fallait vraiment se faire confiance. Mais c'était un système souple et plus humain que celui d'une banque. C'était surtout un système pour les femmes, géré par les femmes.

Maman faisait du commerce avec l'argent de la tontine. Elle partait une fois par mois en Côte d'Ivoire acheter des marchandises. Elle connaissait tous les coins et recoins du marché de Yopougon, à Abidjan, elle achetait des pagnes, des seaux, des gobelets, des bassines et des plats en plastique qu'elle rapportait pour les revendre quand elle rentrait chez nous, à Fada N'Gourma. Elle organisait une petite réunion dans la cour, sous le grand tamarinier. Les femmes défilaient tous les jours jusqu'à ce qu'il ne reste plus rien. Chacune voulait être la première, pour pouvoir choisir le plus beau pagne, les plus jolis plats.

Ce que maman rapportait de ses voyages était toujours magnifique. Elle prenait tout son temps pour chiner au grand marché de Yopougon. Elle cherchait ce que les femmes du quartier n'auraient pas pu trouver au marché de Fada, ni même à celui de Ouaga. Les clientes achetaient les marchandises à crédit et la payaient à la fin du mois. Les plus aisées payaient tout de suite. Les autres versaient une petite somme au départ et réglaient le reste ensuite. Les bénéfices de ces ventes permettaient à maman de repartir chaque mois acheter de nouvelles marchandises. Elle gagnait sa vie ainsi, malgré les risques du trajet, entre les accidents et les coupeurs de routes, sans parler des policiers corrompus, des chauffeurs fatigués. Le métier de commerçante était un métier d'aventurière.

Cette activité garantissait son autonomie, arrondissait ses fins de mois et lui permettait de s'offrir de belles toilettes. Maman aimait s'habiller avec de beaux boubous en basin, elle pouvait aller jusqu'au Mali pour trouver les meilleurs. Ensuite, elle allait voir Adama, un grand couturier qui réalisait des coupes somptueuses. Pour le mariage d'une de ses sœurs, elle s'était fait coudre un boubou avec des motifs brodés au fil d'or. Elle avait dû mettre beaucoup d'argent de côté pour se permettre cet investissement. Pour maman, il s'agissait d'un investissement. Son apparence était un sujet de la plus haute importance, la respectabilité d'une femme tient à sa notoriété et sa notoriété à son prestige. Or le prestige, ça doit se voir. Et maman tenait à être une femme respectable et respectée. Elle prenait du plaisir à s'habiller et à s'apprêter, mais la fantaisie n'avait rien à y voir. Il arrivait que des femmes viennent lui demander de leur prêter des vêtements pour aller à des cérémonies.

Quand maman était de sortie, elle mettait au moins cinq heures pour se préparer. Lorsqu'elle était habillée, un de mes frères lui apportait une tasse remplie de braises sur lesquelles elle jetait de l'encens. Elle la posait par terre et se plantait au-dessus, pour se parfumer.

Ma mère s'achetait de très belles étoffes colorées, de beaux plats et de très jolies tapisseries. Elle disait que les plats c'était pour ses filles lorsqu'elles se marieraient. Elles n'iraient pas chez leurs époux les mains vides. Une femme qui arrive chez son époux les mains vides n'est pas une femme responsable, elle ne sera pas respectée de sa belle-famille. L'épouse doit toujours arriver avec des habits neufs, de beaux pagnes et de la vaisselle.

Presque tous les transporteurs la connaissaient. Elle se sentait comme chez elle dans tous les cars. Elle glissait un petit billet à l'apprenti chauffeur quand elle prenait son ticket, il lui réservait la meilleure place pour voyager confortablement, tout devant. Ma mère adorait s'asseoir à côté du chauffeur. On ne comptait plus les fois où elle les secouait, ces chauffeurs à bout de forces, cédant au sommeil, avant qu'une catastrophe se produise. Elle veillait au grain. Tous les chauffeurs et leurs apprentis l'appelaient « Maman », ils étaient contents de l'avoir comme passagère dans leurs cars.

Papa travaillait dans la fonction publique. Il était agent des services financiers. C'est lui qui mettait en paiement le traitement mensuel de tous les fonctionnaires de la région. Il allait toujours travailler à mobylette. Il avait une vieille BBR bleue comme le ciel, avec des vitesses qu'on passait à la main. Il était le seul à posséder ce modèle dans le quartier. On savait toujours quand il rentrait du travail le soir, on entendait, avant même de le voir, le bruit que faisait son engin. La BBR avait un son particulier. Je ne sais plus si c'était dû au sifflement que faisaient les vitesses lorsqu'il en changeait ou si c'était autre chose.

Chaque soir, c'était le même rituel, mes deux frères Malik et Kader couraient à sa rencontre devant la porte, ils attrapaient l'arrière de la mobylette et se laissaient glisser en l'escortant jusqu'à l'intérieur de la cour. Papa garait ensuite sa mobylette en plein milieu, en face de la terrasse.

## 3

Tous les matins, après le petit déjeuner, les enfants prenaient le chemin de l'école, sauf Farida et Aziz. Elle avait six ans, et lui trois ans. L'école n'acceptait pas, à l'époque, les enfants en dessous de sept ans. Ils restaient à la maison avec ma mère et moi. Ils se collaient à elle, du matin au soir. J'ai assisté à presque tout ce que je vous raconte ici. J'ai tout vu, j'étais aux premières loges, si je puis dire. Mais je n'ai naturellement aucun souvenir de cette histoire. Je restitue aussi fidèlement que possible le récit familial. Je l'ai entendu tant de fois durant ma jeunesse.

Cette année-là, la sécheresse semblait interminable. Depuis des semaines, il faisait une chaleur inhabituelle. Pas un souffle d'air pour agiter les feuilles de notre tamarinier. Nous passions de longues heures dans la touffeur, le soir, tous étendus sur la terrasse. Maman m'allongeait sur la natte près d'elle, papa chassait les moustiques avec son éventail en écoutant la radio. Mes frères qui, d'habitude, jouaient après le dîner, restaient immobiles, terrassés par ces soirées écrasantes, assis au bord de la terrasse, sans énergie.

Seul le tamarinier, debout au milieu de la cour, semblait résister à la chaleur. Son tronc solide, surmonté d'une ramure charpentée, lui conférait d'une prestance certaine, et son feuillage léger lui donnait une allure juvénile. Le tamarinier devait être là depuis bien longtemps. Tout le monde était fasciné par cet arbre. Les étrangers qui entraient pour la première fois dans notre cour étaient impressionnés par sa taille. Certains disaient à mes parents que c'était une bénédiction d'avoir un tel tamarinier chez soi. D'autres pensaient qu'il abritait sans doute des génies.

Un soir, on n'entendait plus les oiseaux chanter, seul le chant monotone d'une cigale troublait le silence. On n'était qu'au mois de mai et c'était déjà insupportable. Papa se leva d'un coup de sa chaise et commença à regarder vers l'horizon.

« Préparez-vous, il va y avoir une grosse pluie ce soir. »

Papa était très doué pour voir venir les choses. Effectivement, le ciel se mit à changer de couleur, comme s'il changeait d'humeur, il semblait entrer dans une colère noire. Soudain, un nuage de poussière s'éleva. Le vent était là.

« Il va pleuvoir ! » s'écrièrent mes frères tout contents.

Papa demanda à Bouba, l'aîné de la famille, de se faire aider par Souleymane et Kader pour rentrer les poules et les canards dans le volailler. Il insistait, aucune poule ne devait rester dehors. Pendant ce temps, aidé de Malik, il rentra la mobylette dans la maison.

Maman, de son côté, me souleva avec la natte et me déposa dans le salon. Puis, elle s'activa avec mes deux sœurs, Kadi et Farida, à ramasser les plats et les casseroles que le vent avait dispersés dans la cour. Elle s'empressa, ensuite, de fermer toutes les fenêtres de la maison, afin que la poussière ne pénètre pas dans les pièces.

Les éclairs apparaissaient dans le ciel. Des grondements de tonnerre commencèrent à se faire entendre dans le lointain. Le vent soufflait de plus en plus fort, il apportait une bonne odeur de terre mouillée. Puis, progressivement le vent sembla s'éloigner et pendant un bref instant, le calme revint. Mais bientôt quelques grosses gouttes de pluie s'abattirent lourdement sur le toit en taule ondulée de la maison. Et très vite, une pluie diluvienne doucha le quartier. Cette nuit-là, on se coucha tôt.

Le lendemain matin, la pluie continuait de tomber, régulière et bienfaisante. L'air était frais. L'orage avait nettoyé les branches et le tronc du tamarinier. Des ruisseaux s'étaient formés devant la cour, entraînant des feuilles sèches, les ordures, des brindilles et quelques morceaux de bois. Quelques enfants lançaient des cris aigus en jouant dehors dans la boue.

Ce matin-là, maman avait préparé le petit déjeuner dans le salon, sur un fourneau en fer avec du charbon. Pas de galettes ni de bouillie, elle avait réchauffé les restes du repas de la veille. Après le petit déjeuner, papa a sorti sa mobylette dans la cour. Il a demandé à Malik de la nettoyer avec le vieux pagne qu'on avait depuis longtemps sacrifié à cet usage. Maman avait déposé, à l'intention de papa, un seau d'eau chaude dans la douche située dans un coin de la cour. Quand papa fut enfin prêt pour aller travailler, il enfourcha sa mobylette et Malik alla lui ouvrir le portail.

En l'ouvrant, mon frère fut surpris, au point de reculer d'un pas, par deux hommes qui se tenaient là, debout, sur le seuil.

Malik ne reconnut aucun des voisins, ces hommes n'avaient pas l'allure familière des gens du quartier. On ne connaît pas tous ses voisins, mais on repère toujours, à l'instinct, ceux qui n'en font pas partie. Ce n'est pas forcément de l'inquiétude, au plus de la curiosité. On ne peut s'empêcher de se demander ce qui peut bien amener ici ces gens qui ne vivent pas là. C'est quand ils se trouvent debout devant notre porte, et qu'on comprend qu'ils sont venus pour nous, que la curiosité glisse d'un coup vers l'inquiétude. Ces gens vont-ils nous apporter quelque chose ? Nous prendre quelque chose ? Vont-ils changer notre vie ? Serons-nous toujours aussi tranquilles quand ils seront repartis ?

« C'est bien la cour de M. Hamado Sankaké, ici ? » demanda le premier, un homme de taille moyenne, plutôt grassouillet. Il était habillé comme un fonctionnaire mais de manière négligée et il avait les cheveux courts. Ses sourcils, bizarrement arqués, contredisaient sévèrement le côté bonhomme de son visage rond.

« Je suis Hamado Sankaké », répondit mon père, à cheval sur sa mobylette.

L'autre homme était très grand et fin. Il avait un air pas commode, imprimé sur un visage dur qui se terminait par une petite barbichette taillée en pointe. Il entra dans la cour en passant devant Malik sans demander l'autorisation, ni même se présenter. Il se planta devant mon père d'un air déterminé.

« Monsieur Sankaké Hamado, vous êtes en état d'arrestation. Veuillez nous suivre, s'il vous plaît.

— Je peux savoir ce qu'on me reproche ? demanda froidement mon père après un long silence.

— On vous donnera des détails au poste de police, monsieur Sankaké. Pour l'instant, veuillez nous suivre. »

Mon père descendit lentement de sa mobylette.

« Pouvez-vous m'accorder deux minutes s'il vous plaît ? J'ai besoin de parler à ma femme. »

Le monsieur grassouillet, qui avait retrouvé son air bonhomme, répondit d'un ton courtois :

« Bien sûr, monsieur Sankaké, prenez votre temps. »

Le monsieur de grande taille regarda d'un air sévère son collègue, avant de faire un rapide mouvement approbateur de la tête à l'intention de mon père.

« Djelila, tu peux venir s'il te plaît ? » appela mon père.

Ma mère arriva sur la terrasse et dévisagea les deux hommes. Elle les avait déjà bien observés depuis l'intérieur de la maison, à travers les persiennes, et son regard insistant ne lui apprenait rien de plus, mais il leur signifiait qu'elle était en train de bien les analyser, qu'elle cherchait dans sa mémoire si elle les avait déjà vus et que, en tout cas, elle enregistrait leur visage. Elle ne les menaçait pas vraiment, mais elle les défiait un peu : ils devaient comprendre qu'ils venaient de passer en tête de liste de ses préoccupations. Elle se tourna vers mon père.

« Que se passe-t-il ?

— Je ne sais pas, mais je le saurai bientôt. Ne t'inquiète surtout pas, je reviens très vite, d'accord ?

— Oui, bien sûr, je dois prévenir quelqu'un ?

— Non, ne t'inquiète pas, je n'en ai pas pour longtemps. À tout à l'heure. »

Mon père sortit de la cour, escorté des deux hommes, laissant ma mère sur la terrasse entourée de ses enfants, dont moi, fixée à son dos.

Je n'avais naturellement rien compris à la situation, mais peut-être avais-je ressenti le changement d'ambiance car, dès le départ de papa, je me suis mise à pleurer. J'étais d'ordinaire un bébé plutôt facile à vivre. Je me contentais, pour l'essentiel, d'observer le monde en silence ou de jouer dans mon coin, je pleurais quand j'avais faim, on me nourrissait et je dormais. Je fus prise, ce matin-là, d'une crise de larmes qui laissa ma mère impuissante. Maman était désespérée, son incapacité à me calmer tenait sans doute à ce que mes pleurs n'étaient que le reflet de ses propres émotions. Comme nous étions encore en fusion, elle et moi, elle était la partie de nous qui se contrôlait, et moi la partie qui lâchait la bride à l'angoisse. Une angoisse qui nous étranglait, elle, moi et mes frères et sœurs, qui restions là, figés, dans l'impuissance et l'incompréhension. Eux aussi cherchaient dans le regard de ma mère quelque chose qui pût les rassurer.

Finalement, elle détacha le pagne qui lui servait à me porter au dos et me fit coucher sur ses genoux à plat ventre. Elle me massa le dos tout en me tapotant les fesses, ce qui nous calma toutes les deux. C'est comme ça, finalement, que j'ai réussi à m'endormir.

À 14 heures, maman, au comble de l'inquiétude, n'avait toujours pas de nouvelles de mon père. Le temps s'écoulait lentement et la pluie, comme toujours, céda la place à un soleil de plomb. Ce n'est qu'à 15 heures, après le départ de mes frères et sœurs à l'école, que quelqu'un se présenta devant la porte de la maison. Maman était assise sur une natte, et moi allongée à ses côtés.

« Kô kô kô ! » dit quelqu'un derrière le portail, ainsi qu'on le fait au Burkina Faso, au lieu de frapper directement sur la porte.

Maman se leva précipitamment pour aller voir qui se présentait là, elle espérait des nouvelles de papa.

« Hé ! Gilbert ?

— Bonjour, madame Sankaké.

— Qu'est-ce qui vous amène sous ce soleil ardent ?

— Je suis venu vous informer qu'ils ont emprisonné votre mari ce matin.

— Emprisonné ?! s'écria ma mère.

— Oui, ils ont mis M. Sankaké en prison, ce matin même. Et comme je n'ai vu aucun membre de la famille, je me suis dit que vous ne deviez certainement pas être au courant.

— Mon mari est en prison ? »

Gilbert fit oui de la tête.

« Mais pourquoi ? Deux messieurs sont venus ce matin et sont repartis avec lui. Je ne savais pas que c'était pour le mettre en prison ! Qu'est-ce qu'on lui reproche ?

— Détournement de fonds.

— Détournement de quoi ? De fonds ? Mais c'est quelle foutaise, ça ? Mon mari n'a jamais détourné quoi que ce soit ! J'aurais été la première à le savoir.

— Il y a eu un cambriolage aux services des finances, reprit Gilbert. Ils ont profité de la grande pluie de cette nuit pour vider le coffre. Les voleurs ont emporté tout l'argent destiné à payer le salaire des fonctionnaires de la région. Aucune trace, aucune infraction. La police a déduit que le ou les voleurs avaient les clés et connaissaient bien les lieux.

— Donc, ils déduisent que c'est mon mari le responsable ?

— Oui, madame. Il avait les clés et connaissait bien les lieux. Je suis sûr que votre mari est innocent, madame Sankaké… Mais il va falloir chercher un avocat.

— Comment ça, un avocat ? Pour quoi faire ? Je vous dis que mon mari est innocent.

— Je sais bien, madame Sankaké. Mais la police va venir dès demain matin fouiller votre maison pour chercher des preuves. Après l'arrestation de votre mari, une femme s'est présentée à la police accompagnée d'un homme. Elle a prétendu que, effectivement, votre mari avait volé l'argent des fonctionnaires et que c'est avec cet argent que vous avez acheté des plats, des tapis et plein d'autres choses. Elle dit qu'elle est déjà venue chez vous à plusieurs reprises, et elle a vu de ses yeux tout ce que vous possédez. »

Gilbert prit un instant, puis il ajouta, très ému :

« Madame Sankaké, votre mari nous a été, à moi et à ma femme, d'une grande aide à un moment de notre vie. Il était de mon devoir de vous informer de la situation. Si jamais vous avez besoin de quoi que ce soit, je suis là ! Mais que les choses soient claires : on ne s'est pas vus, aujourd'hui. Je risque mon poste si on vient à savoir que je suis passé vous informer. Bonne journée, madame Sankaké, et que le Seigneur vous vienne en aide à vous et à vos enfants. »

Gilbert, qui était très ami avec papa, était aussi le régisseur de la prison où on l'avait enfermé. Il avait pris un risque important en venant lui-même annoncer la mauvaise nouvelle. Maman en était consciente, elle le remercia très chaleureusement en le raccompagnant à la porte de la cour.

# 4

Après le départ de Gilbert, maman s'appuya sur le mur de la maison pour ne pas tomber. Son cœur battait trop fort. On accusait papa de détournement de fonds. Ça ne pouvait pas être vrai. Ces choses ne devaient pas être possibles, elles devaient relever d'une autre dimension, comme un rêve, une aberration incompréhensible…

Je me remis à pleurer. Maman me fixa dans un premier temps sans rien faire, perdue dans ses pensées. Puis, elle me prit dans ses bras et appela Farida et Aziz qui jouaient dans la chambre.

« Mettez vos chaussures, et suivez-moi… Dépêchez-vous ! »

Le ton utilisé par maman était inhabituel, ce n'était pas comme quand elle était fâchée. Ma sœur et mon frère se sont exécutés, sans broncher. Maman a attrapé un foulard, l'a noué sur sa tête, m'a attachée à son dos et s'est engagée dans le *six-mètres*, suivie de Aziz et de Farida. Elle les conduisait chez Mariame, notre voisine.

Mariame était une jeune femme de trente ans tout au plus. Elle était mince avec une petite tête et des yeux en amande qui brillaient, même dans le noir. C'était une jolie femme, mais négligée et fatiguée par la vie. Ceux qui ne la connaissaient pas lui donnaient toujours plus que son âge.

Elle vivait à deux pas de notre maison, avec ses trois enfants, Moussa, Samira et Tampouré, dans un petit *entrer-coucher*. Un morceau de mur à moitié écroulé entourait leur maison. On pouvait facilement voir ce qui se passait chez eux.

Son mari était mort des suites d'une cirrhose. Il était alcoolique et la frappait quand il était ivre. Mariame ne savait ni lire ni écrire, elle n'était pas allée à l'école. Son mari était déjà marié à une première femme qui avait fui son alcoolisme et ses coups. Pour la remplacer, il avait ramené Mariame du village. Elle a eu trois enfants avec lui en trois ans. Et Tampouré, le petit dernier, c'est maman qui l'a mis au monde, derrière leur maison, près de la déchetterie, d'où son nom, Tampouré, qui signifie « déchetterie ». Chez nous, on donne parfois aux enfants un prénom déterminé par les circonstances de leur naissance.

Pour nourrir ses trois enfants, Mariame vendait des noix de kola devant sa porte. Malheureusement, ce petit commerce ne lui rapportait pas beaucoup d'argent et maman nous demandait, chaque fois qu'il y avait des restes de nourriture chez nous, de les apporter à notre voisine.

« Bonjour, Mariame.

— Bonjour, Djelila, qu'est-ce qui t'amène ?

— J'ai une course importante à faire, est-ce que tu peux me garder Farida et Aziz un instant ?

— Mais bien sûr, Djelila. Les enfants, allez rejoindre Moussa sous le hangar ! Tout va bien, Djelila ?

— J'ai connu des jours meilleurs. Mariame, j'ai un service à te demander.

— Je t'écoute, Djelila.

— Je rapporterai quelques affaires ce soir pour que tu les gardes un petit moment chez toi. Mon mari a... Mon mari est... »

Ma mère ne pouvait plus parler. Elle avait la gorge nouée, comme si elle avait avalé un gros morceau d'igname qui ne voulait pas passer. Ses larmes commencèrent à couler. La voisine regarda ma mère d'un air compatissant.

« Djelila, il n'y a aucun problème. Tu as toujours été là pour moi et mes enfants. Tu m'as été d'un grand soutien quand mon mari me battait. Tu as donné la vie à Tampouré. Ne parlons même pas des jours où nous n'avions rien à nous mettre sous la dent... Je te dois beaucoup, Djelila... Alors, tu peux tout me demander. Rapporte tout ce que tu voudras ce soir, tes affaires seront à l'abri ici. Et ne t'inquiète pas pour les enfants, ils sont en de bonnes mains. Vas-y, fais ce que tu as à faire et que la protection du Tout-Puissant soit sur toi ! »

Il s'était remis à pleuvoir quand ma mère arriva devant la maison du juge d'instruction. C'était un jeune monsieur d'une trentaine d'années. Il venait du même village que papa, et avait déjà eu l'occasion de venir à la maison. Il était grand avec de larges épaules, une tête ovale, un menton en forme de cœur, une petite bouche et des yeux en amande. Nouvellement diplômé, il avait pris son premier poste au tribunal de notre ville. Quand il vit ma mère, il lui dit avec empressement :

« Mais madame, que faites-vous dehors sous une pluie pareille avec un bébé au dos ? Ne restez pas là, entrez, je vous en prie ! »

Ma mère pénétra dans ce petit logement de célibataire. Il y avait juste une table basse et deux fauteuils. Des dossiers et des livres traînaient partout.

Il arrivait souvent que les jeunes, originaires de la même région que mon père, viennent à la maison se présenter à lui pour se faire conseiller. Comme ils débarquaient à Fada N'Gourma, en général pour y chercher du travail et qu'ils ne connaissaient personne dans cette ville, ils se rendaient chez le doyen ou la personnalité locale originaire du même coin qu'eux. C'était un moyen d'être accueillis, de créer des liens et même parfois de se nourrir. Maman préparait des en-cas pour ces jeunes hommes qui n'avaient pas les moyens ou le temps de s'équiper ou de cuisiner pour eux-mêmes. Ils versaient à maman une petite somme mensuelle et ils pouvaient partager de temps en temps nos repas dans la cour familiale. Le juge avait fait partie de ces jeunes hommes qui étaient venus saluer mon père à leur arrivée, et qui avaient été nourris par ma mère.

Pendant qu'il préparait du thé, ma mère lui raconta ce qui venait de se passer. À l'annonce de l'incarcération de papa, son visage exprima furtivement une surprise qu'il réprima vite pour se concentrer sur le récit de maman. En lui tendant une tasse, il lui demanda si elle savait en quoi consistait précisément le travail de mon père. Ensuite, il s'excusa de devoir lui demander si elle pouvait le croire capable d'avoir commis l'acte qui lui était reproché. Devant l'air offusqué de maman, il réorienta ses interrogations vers des suspects possibles, des gens qui pourraient vouloir du mal à notre père ou à notre famille. Maman était submergée, chaque question du juge ouvrait dans son esprit des perspectives auxquelles elle n'avait encore jamais songé. Le juge se garda bien de lui avouer qu'il était parfaitement informé de ce cambriolage puisqu'il instruisait lui-même cette affaire. Mais il pensait que, si elle savait quelque chose, elle allait se jeter à ses pieds, lui faire une grande scène émouvante, lui rappeler qu'elle l'avait nourri, que son mari l'avait accueilli dans sa cour, elle voudrait peut-être même lui expliquer comment instruire le cas de son époux. Sans doute ferait-elle tout ça à un moment ou un autre, mais le plus tard serait le mieux. D'autant qu'il venait tout juste d'hériter de ce dossier et qu'il devait prendre le temps de mieux le maîtriser avant de commencer à communiquer avec la famille du prévenu.

« Madame Sankaké, laissons passer la nuit. Et demain matin, j'irai moi-même voir le procureur. Maintenant, rentrez chez vous, je suis sûr qu'on trouvera bien une solution. »

Ce soir-là, maman prit soin de rassembler toutes les affaires ayant un peu de valeur dans la maison. Elle roula les tapisseries, empila les gros plats, plia quelques grands boubous en basin riche, les complets de papa et des pagnes en wax qu'elle n'avait pas encore eu le temps de coudre, toutes les pauvres richesses qui auraient pu alimenter les soupçons des enquêteurs lors de la perquisition. Elle n'avait aucun document comptable lui permettant de justifier de son activité commerciale. Elle se doutait que les policiers considéreraient donc que tout ce qui se trouvait dans la maison avait été payé par papa. Le moindre pagne un peu coûteux serait suspect, même le service chinois de plats émaillés pourrait se retourner contre lui. À la nuit tombée, elle appela mes frères et sœurs :

« Voilà, tout est là. Kadi et Farida, vous allez prendre ceci. Bouba, Kader et Malik vous prendrez cela. Aziz, toi, tu prends ça, et moi je m'occuperai du reste. Allez, suivez-moi, on va déposer tout chez Mariame, et ne faites pas de bruit. »

Le lendemain matin, comme convenu, le juge demanda à voir le procureur. C'était un monsieur d'une cinquantaine d'années aux cheveux grisonnants, il avait les yeux légèrement enfoncés et une grande tache noire sur le nez.

« Monsieur le procureur, j'ai eu la visite hier de Mme Sankaké, qui me dit qu'on a emprisonné son mari. Je n'en ai pas été informé.

— Bonjour, cher collègue. Oui, oui, M. Sankaké, en effet.

— Elle affirme qu'il s'agit d'accusations non fondées.

— Accusations non fondées ? C'est sa femme ! Elle ne va pas dire le contraire ! Faisons confiance à nos enquêteurs, mon cher ami. L'enquête est en cours.

— Précisément, c'est ce qui m'amène, il s'agit d'un point de procédure. N'est-ce pas un peu prématuré d'emprisonner un citoyen qui fait l'objet d'une enquête encore si peu avancée ? Ne pourrait-on pas remettre M. Sankaké en liberté, en attendant que les policiers nous apportent des éléments plus probants ?

— Des éléments plus probants ? Écoutez, j'admire votre fraîcheur et votre jeune confiance dans la nature humaine. Mais, ici, vous n'êtes plus à l'université. Les grandes théories humanistes, les grands auteurs classiques européens, le droit-de-l'hommisme… oubliez toutes ces conneries, pour l'amour de Dieu ! Ici, vous êtes à Fada, dans la vraie vie. Voici un cambriolage dont le mobile crapuleux ne fait aucun doute. Voici un suspect qui avait toutes les facilités pour faire le coup. Il y a même la dénonciation d'une citoyenne au-dessus de tout soupçon. Que voulez-vous de plus mon jeune ami ?

— Je suis juge d'instruction. Je suis là pour instruire des affaires dont le dossier est solide. Vous me comprenez, monsieur le procureur ? C'est moi qui instruis cette affaire et je n'ai, à ma connaissance, pas demandé la mise en détention de M. Sankaké.

— Oui, en effet. J'ai mis ça sur le compte de votre inexpérience et de votre jeunesse. J'ai donc pris cette initiative pour accélérer la gestion de ce dossier. Vous semblez ignorer que le nombre de cas que nous avons à traiter n'est pas vraiment en corrélation avec les moyens dont nous disposons. Si nous ne voulons pas être submergés par l'accumulation des affaires, nous devons faire preuve d'une certaine fluidité dans leur traitement. Vous me suivez ? Nous n'avons tout simplement pas les ressources suffisantes pour nous permettre le luxe du chipotage chaque fois qu'un détail nous chiffonne. Mais cela vous viendra avec l'expérience.

— Je comprends nos contraintes, naturellement. De nous deux, c'est vous l'ancien, et je suis encore novice sur ce territoire. C'est un fait. Mais je souhaiterais garder la main sur les affaires que j'instruis. Je ne tiens pas à être ridiculisé par le premier avocat venu pour un vice de procédure quelconque.

— Un avocat ? Vous me faites rire, cher collègue. Savez-vous combien de familles ont les moyens de s'offrir un avocat, ici ? La plupart des gens ne font pas la différence entre un juge d'instruction et un avocat. Mme Sankaké n'est-elle pas venue vous trouver pour solliciter votre aide, vous qui instruisez à charge contre son mari ?

— À charge et à décharge.

— À charge et à décharge, oui, oui, bien sûr. Bon, écoutez, dans un premier temps laissez faire les enquêteurs nous verrons bien ce qu'ils nous apporteront.

— J'ai évidemment toute confiance dans la perspicacité de nos enquêteurs et j'imagine bien que la décision, très grave, de priver un citoyen de sa liberté, n'a pas été prise à la légère. Mais je m'interroge. Pourquoi M. Sankaké, alors qu'il disposait des clés, et devait donc avoir conscience qu'il serait le premier soupçonné, n'a-t-il pas pris la peine de simuler une effraction ? Quant à votre citoyenne au-dessus de tout soupçon, est-elle prête à témoigner sous serment devant la cour ?

— Pour cette histoire d'effraction, nous interrogeons encore notre suspect. Peut-être s'est-il dit que la fausse effraction serait un stratagème trop grossier pour tromper les policiers ? Quant à notre témoin, j'avoue qu'elle préfère encore rester anonyme. Mais, d'ici le procès, nous l'aurons fait changer d'avis. Notre souci, c'est que nous ignorons si M. Sankaké a agi seul ou avec des complices, et nous ne prendrons pas le risque de le laisser entrer en contact avec eux. Nous gardons l'espoir de récupérer les sommes dérobées, d'où son maintien en détention. Cela vous semble-t-il abusif ?

— Non, bien sûr. Je suppose qu'il me faut m'en remettre à votre sagesse et à votre expérience. »

À partir de là, la justice suivit son cours immobile, au rythme imperceptible qui est ordinairement le sien. Institution lourde et grasse, paralysée par l'orgueil cumulé de tous les notables qu'elle produit et qu'elle abrite, elle restait sourde et aveugle aux souffrances que l'emprisonnement de papa nous infligeait.

## 5

Le gros petit déjeuner m'a requinquée. Je suis devant le miroir de la salle de bains, maquillée et habillée. Je réajuste ma coiffure. Il faut que tout tienne bien en place. Une longue journée m'attend, la Francophonie jusqu'en début de soirée et la représentation au théâtre ensuite. Je range mes affaires dans ma grosse valise, mon petit cartable est bien là, avec tous les discours. Je répète mon premier discours en vérifiant le maquillage. C'est bon, j'ai tout ce qu'il me faut, je sors de ma chambre d'hôtel et traîne ma valise jusqu'à l'ascenseur. Je remets la clé au réceptionniste qui veut savoir si je suis satisfaite de mon séjour. Je lui réponds que je n'ai passé que la nuit, en termes de séjour, c'est un peu court. Cependant, mes tournées m'ont parfois amenée à dormir dans des hôtels nettement moins reluisants que celui-ci, alors oui, je le félicite pour la qualité de l'accueil et le confort de l'établissement. Le moins que je puisse dire est que l'OIF ne s'est pas moquée de moi. Après mon compliment, je lui demande s'il peut m'appeler un taxi. Le siège de l'OIF n'est qu'à deux pas mais avec cette valise… Et puis, je ne vais tout de même pas arriver à pied ! Je suis la marraine de la Journée internationale de la Francophonie, non ? Le réceptionniste s'empresse de répondre à ma demande avec ce professionnalisme hôtelier qui vous fait croire que chaque petit service est le fruit d'une attention particulière qui vous est personnellement réservée. C'est faux, mais c'est agréable.

Il fait un peu frais, je regrette la chaleur africaine. Ça me fait ça chaque fois que j'ai froid. C'est-à-dire presque tout le temps.

Le taxi s'arrête devant l'hôtel, le chauffeur en descend, il est souriant. Il charge ma valise dans le coffre et m'invite à m'installer dans le véhicule.

« Pourriez-vous me déposer au 19, avenue Bosquet, s'il vous plaît ?

— Avenue Bosquet ? C'est dans le quartier, ça ! » dit-il en entrant l'adresse dans son GPS.

Je vois son visage dans le rétroviseur, le sourire a disparu. Il me jette un regard indiquant clairement que son humeur a tourné dans le mauvais sens.

« Ah non ! Mais madame, c'est au bout de l'avenue ! À pied vous en avez pour dix minutes à peine.

— Et alors ?

— Comment ça “et alors” ? En voiture on y sera en deux minutes !

— Monsieur, s'il vous plaît, vous avez vu la taille de ma valise ? Et puis j'ai des talons, vous n'allez pas me faire marcher jusqu'au bout de l'avenue, quand même !

— Madame, ce genre de course, moi, ça ne me rapporte rien. Je veux bien être gentil, hein ? Parce que nous, les taxis, on nous traite de râleurs, toujours de mauvaise humeur, mais il faut voir nos conditions de travail ! Et nos charges, vous connaissez nos charges ? Regardez cette voiture, elle a l'air neuve, non ? Elle n'a que trois ans, eh bien, elle a plus de trois cent mille kilomètres ! Vous vous rendez compte ? Si je dois faire des kilomètres qui ne me rapportent rien, eh bien, ça veut dire que je fais des kilomètres qui me coûtent. Et oui, madame ! Je ne connais pas votre travail, hein ?

— Je suis…

— Peut-être que c'est votre boîte qui entretient votre outil de travail et qui le change quand il est usé…

— Bon, écoutez…

— Mais moi, mon outil de travail, c'est ma voiture. C'est moi qui l'achète et c'est moi qui paie son entretien. Vous me direz, je suis assez bricoleur, je fais le maximum moi-même sinon, je mets la clé sous la porte, c'est aussi simple que ça, madame. Et oui !

— On peut démarrer maintenant ? J'ai un rendez-vous.

— C'est justement ce que je suis en train de vous expliquer, madame. Des courses comme ça, moi, ça ne m'intéresse pas, c'est pas rentable. Déjà qu'avec les VTC nous, les taxis, on a pris un gros coup sur la gueule, pardonnez-moi l'expression, je suis un peu vulgaire, mais on est en colère, nous les taxis. On est en colère, madame !

— Vous ne voulez pas m'expliquer tout cela en roulant ? Je suis assise là, dans votre voiture, vous n'allez pas me demander de descendre, non ? Vous n'arrêtez pas de parler mais votre temps de parole ne vous rapporte rien non plus si vous ne roulez pas.

Il démarre avec un grommellement appuyé, comme pour illustrer la différence entre un réceptionniste d'hôtel et un chauffeur de taxi.

— Et puis, je ne sais pas si vous connaissez, reprend-il, mais avec les aménagements qu'ils font partout, bientôt on ne pourra plus rouler à Paris. Si ça continue, les voitures vont devenir hors la loi dans cette ville, c'est moi qui vous le dis. Lutter contre la pollution, ils me font rire ! Vous croyez que ce sont les voitures qui polluent le plus ? Non, madame, ce sont les vaches. Et oui, madame, les vaches ! Alors, on nous dit qu'on mange trop de viande, régime trop carné qu'ils disent, laissez-moi rire… »

Ce type est victime d'incontinence verbale. Je sors le texte de mon premier discours pour lui montrer que je suis occupée à autre chose et que je ne l'écoute plus. Il finit progressivement par se taire. De temps en temps un « C'est moi qui vous le dis ! » lui échappe, parce qu'il continue sa conversation dans sa tête. Il conduit lentement, comme si, pour se venger, il voulait me mettre en retard. Ça m'arrange, parce que j'ai de l'avance, et ça me donne plus de temps pour répéter. Je lève les yeux, la tête collée à la vitre, et je regarde dehors. Tout est gris, les gens sont quasiment tous habillés en noir ou en gris. Moi aussi d'ailleurs. Mon premier discours porte sur le rôle de la Francophonie en tant qu'espace d'échange et de compréhension entre les peuples. *Cet espace qui devrait contribuer à faire reculer les injustices, les parodies de démocratie, les justices expéditives, les emprisonnements abusifs qu'on voit encore trop souvent dans des pays amis de la France. En Afrique, surtout*. Mais j'ai du mal à rester concentrée.

# 6

Il y avait déjà deux mois que papa était en prison, et les démarches de maman n'aboutissaient à rien. Elle avait de plus en plus de mal à joindre les deux bouts, mon père ne touchait plus son salaire. La famille n'avait pas d'économies. Personne n'avait de compte en banque à l'époque. Ne parlons pas de compte d'épargne ! Maman avait sept bouches à nourrir, alors comment s'offrir le luxe de prendre un avocat ?

Pour assurer notre quotidien, elle préparait des galettes qu'elle vendait devant notre porte, au bord de la route, le matin. L'après-midi elle faisait quelques heures de ménage chez des gens. En l'absence de papa, elle ne pouvait plus se permettre de laisser ses enfants seuls plusieurs jours pour aller acheter ses marchandises à Abidjan. En outre, les femmes avec qui elles faisaient des tontines s'étaient détournées d'elle depuis l'arrestation de papa. D'un coup, ma mère était passée du statut de femme importante dans le quartier à celui de paria infréquentable. Ces galettes rapportaient un peu d'argent, mais cela restait insuffisant. Elle vendait de temps en temps un tapis, ou de grands plats qu'elle avait achetés grâce aux tontines.

Maman et moi nous apportions ses trois repas quotidiens à papa. Il ne supportait pas la nourriture infecte qu'on servait aux prisonniers. Les visites étaient de très courte durée et toujours éprouvantes. Il arrivait parfois que maman achète aussi des cigarettes ou apporte des vêtements quand il en avait besoin. Elle récupérait aussi les vêtements sales de papa, qu'elle lavait à la maison. C'était des temps difficiles pour tous les deux. Pour nous aussi.

Tous les matins, maman étalait mécaniquement de la farine de mil, sous un soleil qui tapait très fort. Les galettes et les heures de ménage rapportaient juste assez pour que mes frères continuent d'aller à l'école. L'école coûtait cher, mais maman y tenait absolument. Elle continuait à vendre un tapis de temps en temps pour régler le reste de scolarité d'un de mes frères.

La saison des pluies approchant, elle se mit en tête de construire un petit hangar pour abriter son commerce de galettes. Son matériel se limitait à une poêle, un foyer à bois et quelques ustensiles, mais il lui fallait impérativement un toit. Un abri, c'est presque un kiosque, et un kiosque c'est déjà une boutique. Les clients devenaient de plus en plus nombreux, de plus en plus fidèles. Il y avait même une Française, qui venait de l'autre bout de la ville lui acheter ses galettes. Elle préférait se déplacer elle-même plutôt que d'envoyer son domestique. Elle était bavarde, et passait de longues minutes à discuter avec maman, pendant que moi, je babillais avec sa fille, une petite métisse, qui devait avoir mon âge. La dame vantait les qualités des galettes de maman, qui en était fière ! Mais chaque fois que la dame repartait, maman soupirait :

« Cette Blanche-là, chaque fois elle me demande la recette de mes galettes, mais je ne lui donnerai pas. Si elle sait les faire elle-même, pourquoi viendrait-elle encore m'en acheter ? Qui est fou ? »

Maman avait toujours été une femme entreprenante. Elle ne pouvait plus aller en Côte d'Ivoire ou au Mali, ni organiser ses tontines mais cette petite activité était sa manière de se battre. Le pire eût été qu'elle baisse les bras, comme Mariame, trop faible pour faire face à la dureté de la vie. Le tempérament de maman lui interdisait de renoncer.

Un jour nous avons découvert, révoltés, que Mme Zongo, la voisine de l'autre côté de la rue, s'était mise à faire des galettes, devant sa porte, elle aussi. En voyant augmenter le nombre de clients de maman, elle s'était dit que la vente de galettes était une activité lucrative. Son mari lui avait fait construire un grand hangar dans lequel elle entreposait ses marchandises. Elle faisait cuire ses galettes sur une cuisinière, avec du gaz, elle avait même installé quelques tables et des chaises pour que les clients restent sur place. Les Zongo avaient les moyens. Nous étions sûrs que la voisine n'avait même pas besoin de cette activité avec ce que gagnait son mari. À croire qu'elle faisait ça simplement pour récupérer nos clients et nous priver de notre principale source de revenus. Mes frères et sœurs et moi ne comprenions pas pourquoi maman continuait à dire bonjour à cette vieille mégère.

Tous les soirs, après le repas, maman, mes frères et mes sœurs installaient des nattes et se couchaient sur la terrasse. Parfois, quelques nuages habillaient le ciel et la lune jouait à cache-cache. Quand il n'y avait pas beaucoup d'étoiles dans le ciel, Aziz disait toujours :

« Maman, maman, regarde, c'est Leuk-le-Lièvre qui cuisine aujourd'hui.

— Oui c'est vrai. Très bien observé, Aziz. »

Comme tous les enfants, mes frères et sœurs connaissaient les histoires de Leuk-le-Lièvre et de Bouki-la-Hyène. Quand il y a peu d'étoiles dans le ciel, c'est que Leuk-le-Lièvre cuisine. Leuk-le-Lièvre dit à ses enfants de ne pas sortir jouer et de rester à la maison. Et, une fois le repas servi, ils dînent ensemble, en famille, et se couchent tôt. C'est pour ça qu'on ne les voit pas traîner dans le ciel. Mais quand c'est maman Bouki qui cuisine, comme elle est gourmande, elle dit à ses enfants d'aller jouer dehors, et, une fois le repas servi, elle mange tout, toute seule. Et ces petits points lumineux qu'on voit dans le ciel noir sont ses pauvres enfants qui errent, affamés. Nous imaginions Leuk sous les traits de notre mère. Nous lui étions tous reconnaissants de ne pas se comporter comme Bouki-la-Hyène.

Aziz, le dernier de mes frères, était protégé par son jeune âge d'une juste compréhension de l'épreuve que traversait la famille. Il restait joueur et il avait encore besoin de beaucoup d'attention. Il demandait toujours à maman de nous raconter des histoires le soir, sur la terrasse. Mais souvent, dans la chaleur étouffante, maman, assise sur une natte en angle droit, le dos bien vertical et les jambes allongées devant elle, moi à ses côtés, fixait la lune en silence. Elle avait une furieuse envie de lui confier tout son chagrin. Ses épaules seraient-elles longtemps assez solides pour porter toute cette peine ?

*Pourquoi cette épreuve ? Qu'ai-je fait pour mériter tout ça ?* pensait-elle. *Que vais-je devenir ? Et les enfants ? Et comment ferai-je pour payer le voyage de Bouba, qui doit passer son BEPC à Ouagadougou ?*

Quand l'agitation de la journée retombait et que, enfin, elle pouvait souffler et se reposer sur la terrasse, ce sont des questions de ce genre qui hantaient son esprit. Et elle ne trouvait pas toujours l'inspiration ou la concentration nécessaire pour nous raconter une histoire.

Un mois plus tard, Bouba, qui était en troisième, allait devoir passer son BEPC à la capitale, à plus de deux cents kilomètres de Fada. Chaque fois qu'elle le pouvait, dès qu'elle faisait de bonnes ventes avec les galettes, maman mettait un peu d'argent de côté. Elle voulait par-dessus tout que mon frère passe cet examen. Les difficultés du moment ne devaient pas avoir de conséquences sur l'avenir de ses enfants. Elle s'inquiétait pour mon frère, car elle ne savait pas l'impact que pourrait avoir l'emprisonnement de papa sur sa réussite à l'examen. Elle avait peur que cela joue contre lui.

Ils n'en parlaient jamais. Tous les deux évitaient cette conversation, personne ne voulait faire de mal à l'autre en abordant le sujet. Bouba faisait tout pour que ça se passe bien entre lui et maman. Il était bon élève, sage, très travailleur. À la maison aussi, il était obéissant, toujours prêt à rendre service. À l'inverse, mon autre frère, Souleymane, commençait à traîner avec des gamins de mauvaise réputation. Avec eux, il faisait l'école buissonnière. Cela ne plaisait pas du tout à maman, ni à Bouba. Plusieurs fois, maman l'avait menacé, mais il n'en avait rien à faire. Un soir, avec sa bande de copains, ils ont volé le porc d'un de nos voisins pour le revendre à un grilleur de viande d'un autre quartier. Quand ma mère a su cela, elle est devenue folle de rage, ça a bien chauffé pour Souleymane. Ma mère l'a enfermé dans la chambre et l'a fouetté avec une branche effeuillée. Il hurlait comme un cochon qu'on mène à l'abattoir. Au début, on croyait tous qu'il hurlait pour faire semblant, simplement pour que maman arrête de le frapper. Mais elle y mettait toutes ses forces, comme si elle était possédée par un esprit mauvais. Bouba, voyant que maman perdait tout contrôle, est même intervenu pour faire lever la punition.

« Arrête maintenant, maman, tu vas finir par lui faire vraiment mal. »

Mais cela n'a pas servi de leçon à Souleymane, il a continué à traîner avec sa bande de copains. Ma mère n'en a rien dit à mon père, lors de la visite suivante. Elle voulait sûrement le préserver : la prison était une épreuve bien suffisante, il n'avait pas besoin de savoir ce que la famille endurait en son absence.

Heureusement, à part Souleymane, mes frères et sœurs faisaient tout pour faciliter la tâche à maman. Ma sœur Kadi s'occupait très bien de nous quand maman n'était pas à la maison. Elle était un peu comme notre seconde mère. Kadi n'aimait pas l'école. Elle avait échoué deux fois au certificat d'études primaires. D'ailleurs, elle ne l'avait toujours pas. Elle avait beaucoup de mal à se concentrer en classe et l'école était devenue une punition pour elle. Elle était pourtant très intelligente, mais soit elle n'était pas faite pour l'école, soit l'école n'était pas faite pour elle. Un jour, elle confia à maman son envie de laisser tomber et de l'aider à temps plein dans la préparation et la vente des galettes. Mais maman ne voulait rien savoir. Kadi n'avait que quinze ans et, aux yeux de maman, l'école était, pour ses enfants, l'espoir d'une vie meilleure. Maman lui fit comprendre que la scolarité était une chose très importante et qu'elle ne pouvait pas prendre cette décision seule, sans papa.

Ma sœur continua donc à aller à l'école, la mort dans l'âme. Elle retrouvait sa joie de vivre après les cours, quand elle aidait maman à vendre les galettes. Elle portait chance à maman car chaque fois qu'elle venait l'aider, les galettes se vendaient comme des petits pains. Il y a chez nous une tradition ou plutôt une sorte de superstition, à laquelle croient les commerçants. Ils sont persuadés qu'un de leurs clients leur porte chance. Lorsque ce client a acheté quelque chose dans leur boutique, les autres clients vont affluer. Les boutiquiers espèrent que ce client magique, qu'on appelle *zounoog saoba*, « celui qui porte chance », viendra dans leur boutique dès le matin pour ouvrir les ventes. Si le *zounoog saoba* vient tôt, la journée sera bonne. Alors, chaque jour, avant le départ de Kadi pour l'école, et avant l'arrivée du premier client, maman remettait une pièce de dix francs à ma sœur pour qu'elle achète la première galette et forcer le destin à lui porter chance.

# 7

Le dossier de mon père n'avançait pas. Au procès, papa, qui n'avait pas d'avocat, avait été plus ou moins défendu par le jeune juge d'instruction, qui avait instruit à décharge autant qu'à charge. Ce n'était pas très courant. Pour autant, le vieux juge du tribunal de Fada, ami de longue date du procureur, n'avait retenu que les charges, et estimé qu'elles justifiaient bien cinq années d'emprisonnement. Le jeune juge d'instruction, sans doute convaincu que le cas de papa n'avait pas été traité par la justice dans le respect des règles, fit appel par trois fois. Mais, par trois fois, la sentence fut confirmée.

Quand maman allait le voir, il lui tenait toujours des propos encourageants :

« Madame Sankaké, il faut avoir confiance en la justice de notre pays. Si le procès de votre mari n'a pas été équitable, il sera dénoncé, et M. Sankaké obtiendra gain de cause. J'en suis convaincu. Vous devez continuer à vous battre, vous le lui devez, vous le devez aussi à vos enfants. Ils ont besoin, en ces temps difficiles pour votre famille, d'une mère forte et combative. Mais vous êtes une femme forte, madame Sankaké, je sais que vous ne baisserez pas les bras. Je crois en vous. »

Après le rejet du troisième appel, le juge d'instruction avait un peu perdu de sa confiance. Quand il reçut de nouveau maman, il lui avoua que, localement, l'affaire était mal engagée.

« C'est à Ouaga que les choses pourront s'arranger pour vous. Ici, tout est bloqué. Là-bas, vous trouverez sûrement quelqu'un qui pourra faire avancer les choses. Le procureur de Fada, pour je ne sais quelle raison, ne veut pas entendre parler de la libération de votre mari. À croire qu'il en a fait une affaire personnelle. »

C'est ainsi que ma mère prit la décision d'aller rendre visite à son père, qui vivait à Ouagadougou, pour lui demander de l'aide. Mon grand-père travaillait au palais de justice. Il n'occupait pas un poste très important, mais il remplissait ses missions avec conscience et application. Il était reconnu pour ses compétences et jouissait d'une très bonne réputation. Sa tâche consistait, pour l'essentiel, à constituer les dossiers de divorces. Il ne pourrait rien faire personnellement, mais il connaîtrait peut-être quelqu'un qui pourrait aider maman. Avant son voyage, ma mère rendit visite à mon père en prison. Papa était un homme fier et ne voulait accepter l'aide de personne, surtout pas celle de son beau-père. Ce jour-là, ma mère a osé, pour la première fois, hausser le ton devant mon père :

« Mais Hamado, tu crois que je vais pouvoir m'en sortir comme ça longtemps sans toi ? Je travaille beaucoup, et je commence à être fatiguée. Les enfants m'aident, ils sont courageux. Mais moi, je me sens souvent triste et seule. Hamado, tu sais la vie qu'on mène depuis que tu es en prison ? Tu crois que c'est facile à vivre pour moi et pour les enfants ? Il faut que cette situation cesse, il n'est plus l'heure de faire le fier. Au marché, on parle de notre famille comme si nous étions des bandits, les femmes du quartier se sont détournées de moi. Qu'est-ce qu'il nous reste comme fierté ? »

Mon père fixa ma mère et finit par baisser les yeux. Papa n'était pas un grand bavard. Il écoutait beaucoup, observait et réfléchissait longtemps avant de parler. Il se mettait rarement en colère. Je crois que papa, absorbé par ses propres souffrances, n'avait pas pris réellement conscience de ce que pouvait être la vie de ma mère sans lui.

« Je te demande pardon, Djelila. Va voir ton père, fais ce qui te semble bien. »

# 8

Les chants des premiers coqs commençaient à se faire entendre, le soleil se présentait devant les paupières comme un visiteur familier devant la porte. Le bruit des mobylettes se mêlait au bruit des pilons des voisines. À gauche, à droite, on entendait les cris des enfants. Tout le monde se préparait pour aller au travail. À peine debout, maman entreprit de réchauffer le tô de la veille pour notre petit déjeuner. Elle aurait pu acheter du thé, du lait en poudre et une miche de pain, mais elle préférait garder cet argent pour son voyage. Et mes frères s'étaient désormais habitués à se nourrir le matin des restes de la veille. Mon frère Malik avait même arrêté de se plaindre à la vue du tô. Tous comprenaient la situation.

Ensuite, maman rassembla une grande quantité de farine pour Kadi et lui donna des consignes :

« Tu feras des galettes les jours où tu n'as pas école et avec l'argent, toi et tes frères vous achèterez de quoi vous nourrir pendant mon absence. Je pars à Ouagadougou cet après-midi. »

Chacun de mes frères et sœurs reçut ses consignes. Ma mère leur demanda de bien se comporter, de tous écouter ce que ma sœur Kadi leur demanderait de faire. Elle les embrassa avant leur départ pour l'école et demanda à notre frère aîné Bouba de veiller à ce que Souleymane ne fasse aucune bêtise.

Bouba allait répondre à maman, il fut interrompu par Kadi :

« Maman, il y a quelqu'un qui frappe à la porte.

— Kader, va voir qui c'est », dit maman.

Kader se leva nonchalamment, se dirigea vers la porte de la cour et revint un instant après.

« Alors, c'était qui ?

— Le fils de Jacques. Il venait acheter des galettes.

— Tu lui as dit quoi ?

— De revenir demain, car tu ne faisais pas de galettes aujourd'hui.

— Tu as très bien fait, Kader.

— Maman, tu crois qu'il va aller chez la voisine d'en face ?

— Il a le droit d'aller acheter des galettes où il veut, Kader.

— Elle m'énerve, cette femme-là, toujours à vouloir faire comme toi. Quelqu'un dans ma classe m'a dit que ses galettes n'étaient pas bonnes... C'est plein de petits cailloux et, en plus, elle mélange les vieilles galettes qu'elle n'a pas pu vendre la veille aux galettes qu'elle fait le matin.

— Oui c'est vrai, maman, ajouta Malik, et en plus elle n'est pas gentille avec les clients.

— Kadi, va prendre ta douche et réveille Farida au passage, dit maman, et elle se tourna vers les garçons. Vous savez quoi, mes enfants ? Les gens font ce qu'ils veulent. Si elle a décidé de faire des galettes aussi, grand bien lui fasse.

— Maman, on dirait que tu la défends », dit Bouba.

Maman nous demanda de tous nous approcher d'elle. Elle aurait tellement compris que ses enfants refusent la situation et se révoltent contre leur père, contre le monde entier et même contre elle. Mais elle ne pouvait pas faire face à l'ouverture d'un nouveau front. Elle était comme un pompier sans répit, passant son temps à éteindre des départs de feu qui, si elle n'y prenait garde, menaçaient de réduire son monde en cendres.

« Retenez bien ceci, mes enfants : dans la vie c'est comme ça, il y a ceux qui prennent des initiatives, et il y a ceux qui les imitent. Moi, je prends des initiatives, et Mme Zongo m'imite… mais en moins bien. » Elle sourit et ajouta : « Ce n'est pas pour autant qu'il faut juger. Chassez la colère qui est en vous, ne la laissez pas vous guider, laissez-la partir s'il vous plaît. »

Malik s'effondra dans ses bras, elle le serra très fort. Ma mère comprit sans doute, à cet instant, qu'elle n'était pas le socle solide qu'elle croyait être, qui portait ses enfants à bout de bras, mais que c'était elle qui, en réalité, s'appuyait sur nous de tout son poids. Nous étions jeunes et fragiles, nous n'en étions pas moins les sept petits piliers qui lui fournissaient la force vitale et l'enthousiasme dont elle avait besoin pour se battre.

« Pleure, mon garçon, ça te fera du bien.

— Je ne pleure pas ! Je ne pleure pas ! Ce sont les petits qui pleurent ! répondit Malik dans un long sanglot.

— Papa me manque beaucoup », dit Aziz, l'œil humide et le menton tremblant.

Ce fut le signal, tous mes frères et sœurs se mirent à pleurer, les uns après les autres. Je suppose que moi aussi j'ai pleuré, pour faire comme tout le monde. Maman sentait sa gorge se serrer. La situation menaçait de lui échapper, il fallait qu'elle se débarrasse de ces regards qui la fixaient, avec ces demandes silencieuses. Elle ferma les yeux un moment et prit une grande inspiration.

« À moi aussi, il me manque, mes chéris. Allez, dépêchez-vous de vous préparer pour ne pas être en retard à l'école. »

# 9

Nous sommes arrivées, maman et moi, à la gare routière pour prendre le car de midi de la compagnie Wendkieta pour Ouaga. J'avais neuf mois, j'étais toujours un bébé assez sage, qui ne pleurait pas beaucoup, sauf s'il était motivé par la faim. Maman faisait la queue avec tout le monde. Lorsque vint notre tour, elle acheta son ticket à un homme, assis dans une petite cabine, qui parlait aux gens à travers un grillage. Il y avait un monde fou et beaucoup de bruit, les gens étaient obligés de crier pour se faire entendre. Le monsieur demanda à maman si elle voulait un aller-retour, et devant son hésitation, il ajouta :

« Ça vous coûtera moins cher en prenant un aller-retour et vous pourrez changer votre billet si vous avez un imprévu. »

Il réussit à convaincre maman qui fit mollement oui de la tête. En fait, elle n'avait aucune idée de la façon dont les choses se passeraient à Ouagadougou, ni combien de temps elle devrait rester là-bas. Si elle n'avait pas laissé les enfants seuls à la maison, elle aurait pu rester à la capitale jusqu'à obtenir la libération de papa. Et par le président de la République lui-même, s'il le fallait !

« Vous voyagez avec combien de bagages, madame ?

— Un seul, le sac que vous voyez là. »

Maman montra notre sac au monsieur. Il se leva dans sa cabine pour pouvoir bien le voir à travers le grillage.

« Vous voyagez seule avec votre bébé ?

— Oui.

— Entendu. Voilà, madame. Il ne faudra pas perdre votre ticket ni le jeter, c'est avec ça que vous allez récupérer votre sac à l'arrivée. Vous avez bien compris ? »

Ma mère répondit par un oui de la tête.

« Bon voyage, madame, et que le bon Dieu vous amène à bon port. Suivant !

— Merci monsieur, que Dieu vous entende ! »

Un gros nuage de poussière à l'entrée de la gare routière annonça l'arrivée de notre car. Trois hommes en descendirent, le chauffeur, son apprenti et un autre homme. Le chauffeur manifesta sa joie de voir autant de clients par un grand « Bonjour messieurs, bonjour mesdames », qu'il lança à la cantonade. En un instant, le sol, près des flancs du car, fut jonché de bagages, de paniers de légumes, de poulets, de valises, de sacs et de paquets de toutes sortes, en carton, en plastique ou en toile de jute tous remplis au maximum de leur capacité.

Une femme lança à une autre :

« Montons vite nous trouver une bonne place ! »

Ces longs voyages étaient éprouvants, à l'époque. Les cars n'étaient pas, à proprement parler, équipés du confort moderne. Les fauteuils étaient souvent très fatigués, voire franchement exténués, et la climatisation assurée par l'ouverture des fenêtres. Aussi, il était important d'occuper au plus vite les meilleures places. Les derniers à s'installer héritaient des fauteuils encore libres, ceux dont la mousse était désagrégée, ceux qui étaient à moitié occupés par l'énorme dame du siège voisin, ceux qui étaient maculés de taches d'huile…

« Tu as raison, allons-y, mais veillons d'abord à ce que nos bagages soient dans le coffre du car. La dernière fois que j'ai voyagé, ils avaient oublié de prendre le sac d'une cliente. »

Le car démarra avec vingt minutes de retard. Il eût été plus étonnant qu'il parte à l'heure indiquée. Maman et moi étions à l'avant. C'est la meilleure place. J'étais confortablement installée sur les genoux de maman.

« À quelle heure arrivons-nous à Ouagadougou ? demanda au chauffeur la grosse dame assise près de maman.

— Si tout se passe bien, je pense que nous y serons pour 19 h 30. »

Tout ne se passa pas bien. Nous ne roulions pas depuis plus de trente-cinq minutes qu'un pneu creva. Tout le monde dut descendre du car.

« J'espère que je pourrai prendre mon train à 21 heures pour la Côte d'Ivoire, lança la même grosse dame.

— Ne vous inquiétez pas, dit l'apprenti, vous aurez votre train, il y a juste un changement de pneu à faire et on reprend la route. »

Effectivement, le chauffeur et son apprenti changèrent l'énorme roue avec la rapidité et la dextérité de ceux qui ont l'habitude de le faire souvent. Il faut dire que l'usure des pneus était telle qu'ils menaçaient tous d'éclater les uns après les autres. Le car put repartir et il n'y eut heureusement pas d'autres incidents. Nous traversâmes de nombreux villages où le car marquait parfois l'arrêt, afin de laisser descendre des passagers et d'en charger de nouveaux. Il y avait quelques commerçants et commerçantes qui allaient en Côte d'Ivoire pour faire des achats. D'autres allaient rendre visite à leur famille et d'autres encore voyageaient pour je ne sais quelle raison, mais tous donnaient l'impression d'être habitués à ces conditions de voyage. Dans un pays où le réseau ferré est quasi inexistant, hormis la ligne Abidjan-Ouagadougou, le bus est le moyen de transport en commun par excellence. Or l'état du réseau routier comme celui des véhicules imposent à tous, chauffeur et passagers, une indispensable culture de la patience.

Un passager avait refusé de mettre ses deux poulets dans le coffre, avec les bagages. Il les avait placés sous son siège. Et les volatiles n'arrêtaient pas de se débattre.

« Monsieur, si vos poulets continuent à faire du bruit comme ça, on va demander au chauffeur de les mettre dans le coffre, hein ! » s'exclama la dame assise derrière lui. Mais cette remarque ne suscita absolument aucune réaction chez l'homme. Il était trop occupé à égrener son chapelet.

Les cases rondes en banco couvertes de toits en paille et les maisons de plain-pied avec leur toit en tôle ondulée défilaient sous nos yeux. Quelques petits arbres poussaient ici et là, sur une terre rouge, sèche et aride. Quelques rares baobabs imposaient leur silhouette massive dans ce paysage de végétation racornie. Le ciel, d'un bleu pur, se salissait de poussière orange en descendant vers la ligne d'horizon. Maman commençait à avoir faim. Le tô réchauffé qu'elle avait mangé le matin ne lui tenait plus au ventre. Le car allait bientôt arriver à Koupela.

Koupela est une petite ville qui s'est développée au fil du temps à partir d'un carrefour de plusieurs voies commerciales. Anciennement, des caravanes passaient par là. Elles ont été remplacées depuis longtemps par des centaines de camions à l'agonie qui véhiculent sur ces vieilles routes défoncées tous les produits manufacturés de la mondialisation. Les cars s'y arrêtent toujours, le temps de déposer des passagers, charger des marchandises, reprendre d'autres voyageurs. C'est aussi une pause pour se dégourdir les jambes, manger un morceau, et acheter des friandises ou des cadeaux pour la famille ou les gens à qui on va rendre visite. Chez nous, cela ne se fait pas d'arriver d'un voyage les mains vides.

Sur la grande place où les cars de toutes les compagnies faisaient leur halte s'était développé, avec le temps, tout un monde de petits commerçants. Ils vendaient à des voyageurs affamés, assoiffés, éreintés tout ce qui peut se manger, se grignoter ou se boire durant un long voyage en car. Des légions de très jeunes marchandes proposaient aux voyageurs du dernier car arrivé des sachets d'eau, des arachides, des fruits, des biscuits au sésame, des beignets. Les malchanceuses qui n'avaient rien vendu se précipitaient les premières sur le car suivant, bientôt suivies par les autres marchandes. Toutes espéraient que les passagers du nouveau car seraient plus généreux que ceux du précédent. Mais dès que le nouveau car s'arrêtait, il se vidait presque de ses passagers qui sans prêter attention aux sollicitations des petites marchandes filaient se soulager aux toilettes, ou se ruaient sur les braiseurs de viande dont les petits stands ne désemplissaient pas.

Maman et moi étions restées dans le car. Ma mère regardait par la fenêtre les beaux poulets braisés que le vendeur découpait à la chaîne. Elle était impressionnée par la dextérité avec laquelle il maniait son long couteau, aiguisé comme un rasoir sans jamais se couper. Les vendeuses agglutinées portaient leurs marchandises à bout de bras pour les présenter aux fenêtres du car. Certains passagers restés à bord négociaient âprement le prix d'un sachet d'eau, d'une galette au sésame. Et cela ne décourageait pas les vendeuses. Les plus déterminées déposaient leurs produits sur les genoux des passagers, contre leur gré.

Maman se souvenait d'un voyage sur cette même route, avec papa. Ils avaient également fait une pause à Koupela. Papa avait laissé les vendeuses déposer leurs friandises sur ses genoux, sans rien dire, et quand le chauffeur avait redémarré le véhicule, il avait remonté la vitre. Les pauvres vendeuses, paniquées, avaient été obligées de courir à côté du car en le suppliant de leur rendre leur marchandise. Après les avoir laissées courir un peu, il avait demandé au chauffeur de s'arrêter pour leur rendre leurs arachides, leurs mangues et leurs œufs durs. Il disait que ça leur servirait de leçon et il riait de bon cœur, et tous les passagers avec lui, et même le chauffeur riait. Maman objectait la détresse de ces pauvres filles, qui vivaient de ce petit commerce. Elle le réprimandait gentiment. C'était la belle époque !

Perdue dans ses souvenirs, maman laissait son regard balayer l'agitation autour du vendeur de poulets braisés. Une femme d'une taille impressionnante proposait des sacs d'oignons, les vendeuses d'arachides et de tomates grouillaient dans tous les sens pour attirer l'attention des voyageurs. La foule immense qui entourait le vendeur de poulets braisés indiquait, à coup sûr, qu'il était le meilleur de la place. Au-dessus de lui, accrochée à la plaque de tôle ondulée qui faisait office de toit à sa petite échoppe, une pancarte vieillie par le temps se balançait mollement au gré du vent : « LES BONS POULETS BICYCLETTE DE MADI ».

L'esprit de maman flottait entre le présent et le passé. Elle connaissait très bien les poulets de Madi. Jusque récemment, six mois à peine, son mari leur rapportait les mêmes poulets braisés, accompagnés de rondelles de tomate et d'oignons épicés avec cette poudre pimentée dont elle aurait donné cher pour connaître la composition. Mon père empruntait régulièrement cette route avec le chauffeur des finances pour son travail.

Une fois de plus, cette question qui prenait peu à peu son esprit en otage s'imposa, écrasant toutes ses autres pensées : Hamado a-t-il vraiment détourné cet argent ? L'avait-il partagé avec une autre femme ? Pourquoi diable cette chose venait s'abattre sur eux ?

Les larmes commencèrent à monter en elle, mais, même si elle avait envie de crier sa détresse, elle s'interdit de pleurer. Comment allait-elle faire pour joindre les deux bouts dans les mois à venir si elle n'arrivait pas à faire sortir papa de prison ? La veille, en le quittant, elle lui avait laissé son dernier billet de mille francs, afin qu'il puisse s'acheter des cigarettes, du savon et de la pâte dentifrice. L'annonce de l'apprenti du chauffeur ramena maman sur terre :

« On part dans quinze minutes, vous avez compris ? Terminez donc vos achats et soulagez-vous, car si on embarque on ne s'arrêtera plus en chemin. »

À cette annonce, maman me mit au dos, descendit du car et se dirigea derrière un petit buisson où deux femmes patientaient déjà. La faim et la soif commençaient vraiment à la gagner. Il lui restait heureusement quelques pièces de monnaie dans son sac. La petite fille qu'elle appela portait une assiette d'arachides bouillies sur la tête.

« Combien coûtent tes arachides, demanda-t-elle ?

— Ce tas coûte vingt-cinq francs, celui-ci cinquante et ça là, c'est cent francs, Tantie, répondit timidement la gamine en lui présentant son assiette.

— Donne-moi le tas de cinquante francs.

— D'accord, Tantie.

— Dis-moi, ma fille, il y a-t-il un endroit ici où on peut boire de l'eau ?

— Oui, Tantie, le robinet d'eau se trouve derrière le bâtiment vert là. »

Maman paya les cinquante francs et se dirigea rapidement vers le bâtiment indiqué par l'enfant. L'apprenti du chauffeur annonça de nouveau :

« On décolle dans cinq minutes, je veux tout le monde dans le car, on n'attendra pas les *retardedactaires*. »

Quelques passagers qui se trouvaient déjà dans le car se mirent à rire. L'apprenti comprenant que les passagers se moquaient de lui :

« Pourquoi vous rigolez ? Vous vous moquez de mon français ? dit-il en mooré. Moi, je suis allé à l'école jusqu'au CE2, hein ! Et je suis sûr qu'il y a des gens parmi vous qui n'ont jamais mis les pieds dans une école. Donc, faut pas vous foutre de moi. »

Le car de la Wendkieta roulait à grande vitesse, il était 6 h 50 quand il dépassa la ville de Mogtoedo. À cette allure on arriverait à Ouagadougou avant 20 heures.

On était à quarante minutes de Ouagadougou quand l'apprenti cria :

« Préparez vos cartes d'identité, on va être contrôlés dans deux kilomètres. »

Le chauffeur ne voulait pas perdre de temps avec les flics. Un des phares du car ne fonctionnait plus et il ne voulait pas rouler comme ça dans la nuit. Un monsieur habillé d'un grand boubou en basin bleu, coiffé d'une étoffe de la même couleur, se leva immédiatement et se dirigea vers l'avant du car. Il chuchota quelques mots à l'oreille de l'apprenti, qui les répéta ensuite à l'oreille du chauffeur. Celui-ci ralentit et arrêta le car sur le bas-côté.

« Bon, tous ceux qui n'ont pas de cartes d'identité n'ont qu'à sortir. Vous allez suivre cette petite route qui va vous faire contourner le barrage des policiers. Je vous retrouve juste après. »

Maman fut étonnée par le nombre de voyageurs qui n'avaient pas de pièce d'identité, au moins une quinzaine de personnes sortirent du car. Le chauffeur reprit sa route et arriva au barrage de police où il dut marquer l'arrêt. Un jeune agent au visage fermé grimpa à bord.

« Ton car n'est pas rempli aujourd'hui, Hamed !

— Hé chef ! C'est vraiment la galère, les gens n'ont plus d'argent pour voyager, les temps sont durs. »

Le policier arrêta son regard sur chaque passager avec l'air d'un type à qui on ne la fait pas et qui n'est pas là pour plaisanter. Chacun resta stoïque sous son œil inquisiteur. Puis, il ressortit du car et se dirigea vers ses collègues qui jouaient aux cartes assis à l'ombre d'un baobab. Le chauffeur remit alors à son jeune apprenti les papiers du véhicule parmi lesquels il glissa trois billets de cinq mille francs CFA afin qu'il les présente aux policiers.

« Dépêche-toi », lui dit-il.

Quelques centaines de mètres après le barrage, le car récupéra ses passagers sans papiers. Mais le chauffeur, toujours de mauvaise humeur, leur dit que la prochaine fois il les laisserait se débrouiller avec les policiers. Le car roula à vive allure le restant du trajet et il était 20 h 05 quand il fit son entrée dans la gare de Ouagadougou.

Maman dut batailler fort pour qu'un taximan accepte de nous déposer dans le quartier du secteur 11 pour mille cinq cents francs CFA. Et nous sommes enfin arrivées, fatiguées et couvertes de la poussière du voyage, dans la cour de mon grand-père. Une des sœurs de maman nous attendait et nous emmena directement dans la maison qu'elle avait construite dans la cour paternelle. Elle donna à maman de l'eau à boire, puis elle lui proposa de prendre une douche. Détendue et débarrassée d'une partie de sa fatigue après sa douche, maman me donna le sein et me coucha dans le salon.

# 10

Mon grand-père avait une grande maison dans laquelle il vivait avec ses deux femmes. Chacune avait sa chambre, et celle de mon grand-père se trouvait au milieu des deux. Il y avait un long salon avec quelques meubles. Et dans la cour, chaque enfant, les demi-frères et demi-sœurs de maman, avait construit sa petite maison pour y vivre avec sa famille. De sorte que la vaste cour abritait une communauté familiale où il y avait toujours des bébés qui pleuraient, des enfants qui poursuivaient un ballon, des femmes qui s'activaient et des vieux qui discutaient, assis dans un coin, à l'ombre.

Le lendemain matin, ma mère alla saluer mon grand-père. Il était installé sur sa terrasse, assis dans un transat, son poste radio près de lui. Mon grand-père était quelqu'un de très renfermé, presque introverti. Il ne laissait jamais apparaître le moindre sentiment, tout le monde le craignait dans la cour.

Après les salutations, ma mère raconta à son père les dernières évolutions de l'affaire dont il connaissait déjà l'essentiel. Avec l'humilité et le respect dont une femme de sa génération devait faire preuve, elle parlait tête baissée, en regardant le sol. Elle raconta l'échec des trois appels et l'impasse dans laquelle se trouvait la famille. Grand-père l'écouta attentivement sans l'interrompre, puis il lui conseilla de prendre un avocat. Maman n'avait pas les moyens. Elle avait réussi à mettre de côté la somme nécessaire pour que Bouba puisse venir passer son BEPC à Ouagadougou. Elle ne voulait surtout pas avoir à utiliser cet argent pour autre chose. Mon grand-père n'était pas l'homme dur qu'il laissait paraître. Il avait la pudeur de ne pas s'embarrasser ou d'embarrasser les autres avec l'expression de ses émotions, mais il n'en était pas moins un homme sensible. Et il fut bouleversé de voir sa fille à bout de forces, à bout de ressource, obligée de sacrifier la liberté de son mari à l'avenir de son fils. Il le manifesta par un imperceptible clignement de l'œil gauche.

« Ma fille, tu as fait un long voyage avec ton bébé pour venir me demander mon aide. Je vois que le sort qui vous accable, toi et ta famille, te place face à des choix impossibles. Et je serais un mauvais père si je ne faisais pas tout ce qui est en mon pouvoir pour t'aider à traverser cette période difficile. Il y a à Ouagadougou un avocat très célèbre, Me Aliou. Le connais-tu ? »

Maman fit non de la tête, le regard toujours orienté vers le sol, fixé sur un petit caillou à quelques centimètres devant les babouches de son père.

« Djelila, regarde-moi. »

Maman releva la tête et plongea pour la première fois son regard dans celui de son père.

« Demain je parlerai de ton mari à Me Aliou. Je suis sûr qu'il pourra faire quelque chose. C'est un homme bon et droit. Tu ne dois pas perdre espoir, tu dois être forte. Tant que Hamado est incarcéré, c'est toi qui portes ta famille. »

Mon grand-père ne se contenta pas de parler du cas de sa fille à Me Aliou, il lui donna une avance, très importante à l'époque, de cinquante mille francs CFA pour qu'il se charge de l'affaire. La priorité étant de transférer le dossier de papa à Ouagadougou et de le soustraire à l'autorité du procureur de Fada, grand-père conseilla également à ma mère d'aller voir un certain M. Zoungrana, pour lui exposer son problème.

M. Zoungrana était un homme d'affaires qui avait fait fortune dans l'exploitation forestière et qui était connu pour sa philanthropie. On racontait de lui qu'il était issu d'une famille très pauvre et qu'un jour de disette, sa famille n'ayant rien à se mettre sous la dent, le jeune Zoungrana s'était rendu dans la forêt et avait ramassé quelques morceaux de bois qu'il avait vendus au bord de la route pour nourrir toute sa famille. Le lendemain, il était reparti ramasser du bois et tous les autres jours qui suivirent. Il s'acheta un vélo, puis une moto. Bientôt il put acquérir un vieux camion avec lequel il allait chercher le bois en grande quantité dans la forêt pour revenir le vendre en ville. Peu à peu il affina son exploitation sachant quel type de bois correspondait aux différents besoins, et donc aux différents clients, du bois de chauffage, de construction, pour les ébénistes. Et il a fait fortune comme ça. Il est devenu le propriétaire de plusieurs entreprises couvrant plusieurs domaines d'activité. Des mauvaises langues disaient qu'il avait fait un pacte avec le diable, qu'il avait vendu l'âme de sa défunte mère contre de l'argent. Ces rumeurs gâtaient certes un peu la réputation de M. Zoungrana, mais il était de notoriété publique qu'il faisait beaucoup pour venir en aide aux plus démunis. Maman ne connaissait pas ce monsieur et dans ces histoires-là, il est toujours difficile de démêler le vrai du faux. De toutes les façons, les aides d'où qu'elles viennent étaient les bienvenues.

Le matin de son rendez-vous avec l'homme d'affaires, maman avait mis le joli ensemble que papa lui avait offert pour ses trente-trois ans. Elle avait aussi pris son vieux petit sac à main qui ne lui servait que pour les grandes occasions, raison pour laquelle il n'était pas trop usé.

Ce jour-là maman affichait des yeux grands ouverts qui exprimaient un mélange de satisfaction et d'espoir. Pour la première fois, elle sentait qu'elle pouvait enfin bénéficier d'une aide extérieure et qu'elle n'allait plus être obligée de compter sur ses seules forces. Nous patientions dans la salle d'attente de M. Zoungrana depuis une bonne heure maintenant. Maman guettait la porte. Chaque fois que quelqu'un entrait ou sortait, elle sursautait. Elle attendait son tour, et plus le temps passait plus maman sentait ses espoirs s'effacer. Elle ne verrait peut-être pas ce monsieur aujourd'hui… Un homme, enfin, se dirigea vers elle.

« Madame Sankaké ?

— Oui…

— M. Zoungrana va vous recevoir. »

Elle se leva et suivit le monsieur qui l'emmena dans un vaste salon, luxueusement meublé. Il y avait même des tapisseries aux murs, ce qui impressionna fortement ma mère.

« Veuillez patienter ici s'il vous plaît, madame. »

Sur ce, l'homme quitta la pièce sans un mot. Maman leva la tête et remarqua que le plafond était décoré de motifs peints. C'était beau. Ce plafond avait sûrement été réalisé par un artiste local. Elle ne savait pas trop pourquoi car elle ne connaissait rien à la peinture, mais elle en était convaincue. La distraction que lui procura ce plafond ne dura pas. Une jeune femme entra dans la pièce.

« Il n'en a pas pour longtemps, désirez-vous boire quelque chose ?

— Oui, de l'eau, merci. »

La jeune femme lui apporta un grand verre d'eau avec des glaçons. Elle semblait très attirée par moi, elle voulut connaître mon prénom, mon âge, elle dit à maman qu'elle aussi aimerait tellement avoir un enfant, mais que c'était compliqué. Puis, elle demanda à maman si je voulais boire aussi. Maman acquiesça et je pus boire moi aussi de l'eau bien fraîche. Je n'en avais jamais bu d'aussi froide. C'était bon, j'en demandais et en redemandais encore, cela amusait la jeune femme. Soudain je sentis mon ventre se nouer douloureusement et mon visage se froissa et se déforma comme s'il était une boule de terre dans les mains d'un sculpteur. Puis, soudain, mon ventre se dénoua et je le sentis se vider d'un coup dans la pièce de tissu qui me servait de couche. Ce fut pour moi, comme chaque fois, un immense plaisir que mon visage traduisit en retrouvant sa forme initiale et en affichant un large sourire. Le visage de maman, au contraire, afficha un air catastrophé, car au même moment la voix de M. Zoungrana se faisait entendre dans le bureau adjacent dont la porte était restée entrouverte.

« Madame Sankaké, venez, entrez, je vous en prie.

— Oh non ! Non ! Non ! fit maman à voix basse, je ne peux pas aller voir M. Zoungrana avec la petite dans cet état-là ! »

La jeune femme tendit les bras vers moi :

« Allez-y, madame, je vais m'occuper d'elle. N'est-ce pas, ma petite Yasmina ? Je vais nettoyer tes petites fesses et te donner une couche toute neuve. Pour la couche, vous avez une marque préférée, madame Sankaké ? »

Maman la regarda un peu désemparée, elle hésitait à me confier avec ma couche pleine à cette femme si élégante, avec des vêtements de prix. Quant à la marque des couches… Dans sa jeunesse, à l'époque de la colonisation, elle avait travaillé au service d'une famille de Français. Elle gardait leurs enfants. Il y avait un bébé dont il fallait changer les couches, comme le font les Français. Mais comment se souvenir de la marque ?

« Madame Sankaké ? appela de nouveau M. Zoungrana.

— Allez-y, madame, je m'occupe de la petite, ne vous inquiétez pas. »

Maman se décida à me déposer entre les mains de la jeune femme et se leva. En traversant le salon en direction du bureau à la porte entrouverte, elle sentait son cœur battre de plus en plus fort. Elle entendit derrière elle la jeune femme appeler quelqu'un :

« Aminata, courez vite au Super Market et rapportez-moi des couches, celles avec les petits élastiques comme ça là, vous voyez ? Vite, vite, il y a urgence !

— Bien madame », répondit une voix au loin.

Le bureau de M. Zoungrana était encore plus grand que toutes les pièces par lesquelles maman était passée. La porte se referma derrière elle. Elle était de plus en plus impressionnée, et je n'étais pas avec elle pour la rassurer. L'homme d'affaires terminait de noter quelque chose dans son agenda. Il déposa ensuite son stylo sur son beau bureau en bois verni. Des piles de dossiers s'élevaient tels de petits immeubles sur un coin du bureau. *Il doit avoir beaucoup de travail*, se dit maman. M. Zoungrana leva enfin les yeux sur cette femme qui manifestement s'était faite coquette pour l'occasion et qui restait debout à côté d'un fauteuil vide.

« Mais asseyez-vous donc, madame, je vous en prie.

— Merci beaucoup, monsieur… Merci de me recevoir.

— Alors, qu'est-ce qui vous amène, chère madame… Sankaké ? »

Il parlait tout doucement, avec une certaine lenteur, comme si chaque mot était choisi, pesé avant d'être prononcé. Il faisait beaucoup plus jeune que son âge.

« Monsieur, mon mari a été emprisonné voilà maintenant plusieurs mois. C'est une erreur judiciaire, il n'a pas fait ce dont on l'accuse. J'ai entrepris beaucoup de démarches depuis pour qu'il soit libéré. Mais en vain… Je suis seule aujourd'hui, sans revenus, avec mes sept enfants. Je vends des galettes devant ma porte pour pouvoir subvenir aux besoins de ma famille et payer les traites de la maison. »

Son texte, elle le connaissait mieux que personne, elle l'avait déjà répété une centaine de fois devant son miroir à la maison.

« C'est cette affaire de détournement d'argent, n'est-ce pas ? J'en ai un peu entendu parler.

— Oui monsieur… En fait, mon mari n'est pour rien dans cette histoire-là. »

Maman raconta la suite de l'affaire et tout ce qu'elle avait vécu depuis l'arrestation, tout en prenant bien soin de ne pas céder à la vague de sentiments qui menaçait d'emporter à la fois sa capacité à s'exprimer et sa fierté. Elle était prête à s'effondrer en larmes et à se jeter à ses pieds. Mais il n'en était pas question, si elle avait pu tenir jusqu'ici, c'était justement parce qu'elle ne s'était pas effondrée. Quoi qu'il arrive, comme mon grand-père le lui avait dit, elle devait rester forte.

M. Zoungrana l'écoutait avec un air sérieux et concentré. S'il semblait lui accorder toute son attention, il ne laissait transparaître aucune émotion. Maman ne pouvait rien déduire de ce qu'il pensait, mais elle poursuivait son récit. Allait-il l'aider ? Allait-il la congédier après l'avoir écoutée poliment ? Allait-il tenter de profiter de sa position de faiblesse ? Elle était encore une femme très désirable. Tout était possible, mais elle avait une certitude, à cet instant, son récit était sa seule planche de salut.

« Bon, madame Sankaké, votre histoire est un peu compliquée… Elle est déjà entre les mains de juges et je ne crois pas vraiment que je pourrai intervenir… En tout cas, je ne pourrai malheureusement pas faire grand-chose. »

Maman sentit tous ses membres la lâcher.

« Vous êtes vraiment une femme courageuse. »

L'homme la regarda ensuite longuement.

« Écoutez, ce que je peux faire pour vous aujourd'hui, c'est vous donner une petite enveloppe, ce n'est pas grand-chose, car la situation actuelle du pays est assez difficile. J'ai beaucoup de sollicitations pour reloger plusieurs familles qui ont été victimes des inondations du mois dernier. À Fada vous avez été épargnés, mais ici à Ouagadougou, les gens ont beaucoup souffert. »

À ce moment précis, maman osa soutenir le regard pénétrant de M. Zoungrana. Elle se tut quelques secondes comme pour lui laisser le temps de comprendre le message : une personne de bonne volonté peut toujours apporter son aide à une personne dans le besoin. Mais M. Zoungrana n'exprimait toujours rien. Elle poursuivit :

« Vous non plus, vous ne pourrez rien faire pour moi ! »

Le regard d'abord, puis le visage, puis tout le corps de M. Zoungrana s'extirpa progressivement de sa concentration. Il se cala au fond de son fauteuil. Il n'avait rien perdu de son sérieux, mais semblait maintenant admiratif devant cette grande jeune femme. Sa sincérité la rendait encore plus belle. Elle le comprit, elle avait gagné. M. Zoungrana prit son téléphone sans la quitter du regard.

« Allô ? Mademoiselle, appelez Me Guiguendé de ma part… Oui, qu'il me rappelle, c'est ça. Merci. »

Il s'adressa de nouveau à ma mère :

« Madame, ne baissez pas les bras et continuez à vous battre, pour vous, pour vos enfants et surtout pour votre mari… Quand mon ami Guiguendé me rappellera je lui expliquerai votre cas, on verra ce qu'il peut faire.

— Merci beaucoup, monsieur, merci de m'avoir reçue et écoutée, que Dieu vous bénisse. »

M. Zoungrana se leva de son siège, fit le tour de son bureau et se dirigea lentement vers maman qui se leva à son approche. Ils marchèrent tout doucement vers la porte du bureau quand soudain M. Zoungrana se retourna vers elle.

« Ma chère, dans ce pays, les hommes sont souvent poussés par la misère ou par mauvais calcul à faire un peu n'importe quoi. Et c'est vous les femmes qui permettez à notre *zaka*, à notre maison, de rester debout, droite et digne. J'en suis convaincu, c'est vous les femmes qui incarnez l'intégrité et le courage dont notre nation a besoin. Passez voir ma secrétaire avant de partir, bonne journée chère madame Sankaké, et courage ! »

Quand maman se retrouva dans le salon aux tapisseries et aux peintures murales, elle ressentit une sorte de relâchement musculaire dans le haut du dos, entre les épaules. Sans vraiment s'en rendre compte, elle était restée crispée pendant tout l'entretien dont elle était d'ailleurs incapable de dire combien de temps il avait duré.

La secrétaire m'avait changée. Je n'aimais pas trop les couches-culottes avec des élastiques, ça serrait un peu trop au niveau des cuisses. Je préférais les morceaux de tissu que maman découpait pour moi dans ses vieux pagnes.

Maman nous découvrit, la secrétaire et moi, assises sur le canapé. La secrétaire de M. Zoungrana me remit à maman, qui me fixa à son dos en la remerciant.

« C'est vraiment gentil à vous de vous être occupée de la petite, elle ne vous a pas trop embêtée ?

— Madame Sankaké, je vous envie, votre petite fille est mignonne comme tout. Tenez, prenez avec vous le paquet de couches, nous n'en avons pas l'usage ici. J'ai déposé dedans une enveloppe pour vous, à la demande de M. Zoungrana.

— Dieu vous bénisse ma fille, Dieu vous bénisse vous et M. Zoungrana. »

# 11

Nous étions maintenant depuis trois jours à Ouagadougou. Comparé à Fada N'Gourma, Ouagadougou était une ville très dynamique. Il y avait des motos partout et des voitures aussi. Le soir des lampadaires éclairaient les rues principales. Il y avait beaucoup de pollution. La circulation était dense aux heures de pointe et les voitures, de vieilles Peugeot en bout de course ou de vieilles Mercedes à bout de souffle, étaient mal entretenues. Arrivées au pays, ces voitures – qu'on appelait les *au revoir la France* parce qu'elles avaient déjà eu une première vie en France – roulaient, pour la plupart, avec un carburant de contrebande. Chaque soir, aux heures de pointe, quand les gens rentraient chez eux après le travail, les mamans allumaient les foyers au charbon pour le repas du soir dans les cours familiales, et tous les *maquis* de la ville allumaient leurs grands barbecues. Les fumées des foyers se mélangeaient aux gaz d'échappement et à la poussière soulevée par la circulation dans cette ville aux routes non goudronnées. L'atmosphère devenait vite irrespirable.

Maman courait tous les jours voir du monde. Elle avait l'agenda d'un ministre. Moi, je rebondissais au rythme de ses pas, tranquillement attachée derrière son dos. Heureusement pour elle que j'étais un bébé petit modèle.

Le nouvel avocat de maman, Me Aliou, lui disait de tenir bon, qu'il allait pouvoir résoudre le problème. Mais chaque fois qu'elle cherchait à le voir, il était injoignable. Il trouvait toujours un prétexte, il était en déplacement, son fils était malade, il était en réunion. Maman comprit assez vite qu'il avait des affaires plus intéressantes à régler que la sienne.

Une semaine plus tard, nous sommes revenues à Fada. J'étais contente de retrouver mes frères et sœurs et les parfums de la végétation.

Bouba préparait son voyage pour Ouaga, deux jours plus tard. Finalement, la semaine passée là-bas avait été plus coûteuse que prévu. Malgré les restrictions que maman s'imposait, en évitant notamment de faire des cadeaux à toute la famille, elle n'avait pas eu d'autre solution que de toucher à l'argent qu'elle avait mis de côté pour le voyage de Bouba. Pour reconstituer le budget de mon frère elle dut aller récupérer chez Mariame un ensemble de beaux boubous en basin riche et un grand tapis qu'elle revendit à un commerçant du marché. L'enveloppe de M. Zoungrana permit de mettre de l'essence dans la mobylette de mon frère. Bouba, l'aîné de ses enfants, s'apprêtait à faire deux cent quarante kilomètres en deux-roues pour passer son BEPC à la capitale.

Après une très longue journée de mobylette et deux mille cinq cents francs CFA en poche, mon frère arriva à Ouagadougou pour passer son examen le lendemain matin. Il était logé dans la maison de mon grand-père, au secteur 11. Quand, deux semaines plus tard, les résultats du BEPC furent publiés et que ma mère apprit que mon frère avait eu son diplôme, elle courut immédiatement à la prison pour l'annoncer à mon père.

Papa était fou de joie, ce qui se manifesta par un long silence suivi d'un imperceptible clignement de l'œil gauche. Pour ce qui était de l'expression de ses émotions, papa ressemblait beaucoup à son beau-père. L'éducation de l'époque voulait ça, les hommes étaient des chefs de famille, des gens responsables qui devaient savoir se tenir en toute circonstance. Secrètement, il avait pourtant ressenti une grande terreur à l'idée qu'être en prison puisse perturber son fils et compromette ses chances de réussite. Désormais, tout le monde était soulagé. Ma mère pouvait être contente d'elle. Malgré toutes les vicissitudes, son fils aîné avait réussi son BEPC. Maman n'avait plus aucune nouvelle de Me Aliou, pas plus que de l'avocat recommandé par M. Zoungrana. L'enveloppe que l'homme d'affaires philanthrope lui avait remise lui avait permis de nourrir tout le monde, en calculant tout au franc près. Elle n'avait d'ailleurs parlé à personne de cette enveloppe, pour être certaine de ne pas avoir à résister aux demandes des uns et des autres. J'étais la seule à être au courant, mais comme je ne parlais pas, j'avais gardé le secret.

Maman et grand-père, à qui elle téléphonait très souvent, décidèrent bientôt qu'elle devait revenir à Ouaga reprendre ses démarches. Selon lui, elle devait s'adresser maintenant au procureur du Faso en personne.

Nous reprîmes la route, maman et moi. Papa était en prison depuis quatre mois. Une fois encore, le chargement des bagages à la gare routière, les fauteuils inconfortables, la panne en pleine brousse sous le soleil, la halte à Koupela (cette fois maman nous acheta des galettes au sésame), le barrage, les billets de cinq mille francs glissés dans les papiers par le chauffeur du car et, comme il avait plu sur la route, la pluie qui transformait la terre en boue, le bus qui s'embourbait, les voyageurs qui poussaient. Dire qu'il y a des touristes pour trouver ça pittoresque !

Deux jours après notre arrivée, maman est allée voir le procureur. Elle n'avait pas rendez-vous mais elle avait décidé de se rendre à son bureau. On nous fit patienter dans la salle d'attente jusqu'à midi. On ne nous proposa même pas d'eau. Maman ne se découragea pas pour autant. Elle rentra chez son père à midi et revint dans le bureau du procureur à 15 heures. La scène du matin se reproduisit, elle attendit tout l'après-midi sans que personne l'appelle. À 17 h 30 ma mère se leva et alla trouver la secrétaire dans son bureau.

« Excusez-moi, madame, le procureur est là ?

— Non, madame, M. le procureur a quitté son bureau depuis une bonne demi-heure maintenant.

— Mais comment est-ce possible ? Ne sait-il pas que j'ai patienté toute la journée ?

— Je n'en sais rien, madame, vous aviez rendez-vous à quelle heure ?

— Je n'avais pas rendez-vous, j'arrive de Fada pour exposer un cas…

— Ah oui, madame, mais si vous n'avez pas rendez-vous, comment voulez-vous que le procureur vous reçoive ? »

Maman était à bout de nerfs. Elle décida d'aller attendre l'indélicat procureur devant chez lui, avec l'espoir qu'il la reçoive. Qu'avait-elle à perdre ? Elle frappa au portail, un gardien ouvrit. *M. le procureur n'était pas encore rentré mais il n'allait pas tarder.* Il expliqua aussi que *M. le procureur ne recevait jamais d'audience chez lui mais on allait demander pour elle, elle n'avait qu'à rester à attendre devant le portail.* Maman s'assit sur un tronc d'arbre, à côté de la porte. Elle me couvrit la tête de son foulard pour éviter que je respire trop de poussière. Elle n'eut à patienter qu'une heure. Le procureur arriva au volant de sa Mercedes flambant neuve, s'arrêta devant le portail et klaxonna. Il ne sortit pas de sa voiture, ne baissa même pas la fenêtre pour répondre à cette femme qui lui faisait des signes. Il entra dans sa cour et le gardien referma le portail. Maman et moi sommes restées là un bon moment devant le portail fermé.

Cinq minutes après, le portail s'est ouvert et le gardien a sorti sa tête pour dire que M. le procureur ne pourrait malheureusement pas nous recevoir. Moi, toujours liée à ma mère par cette connexion fusionnelle de mon ventre collé à son dos, je ressentis au plus profond de moi l'envie qu'avait maman d'écraser d'un bon coup de poing le nez de ce sale petit procureur. Je me mis à brailler aussi fort que possible pour manifester, moi aussi, ma réprobation.

« Il ne manquait plus que ça », dit ma mère en me détachant de son dos pour coller ma tête contre son sein avec des gestes plus brusques que d'habitude, comme si elle était énervée contre moi.

Elle se rassit sur le tronc d'arbre, à côté du portail, ce morceau de bois qui servait sans doute de banc au gardien de nuit qui n'était pas encore arrivé. Elle était perdue, comment avait-elle pu avoir la naïveté de croire que ce monsieur la recevrait sans rendez-vous ? Maintenant qu'elle était venue le harceler jusque chez lui, c'est sûr, il ne la recevrait plus du tout. Puisque nous en étions là, elle et moi, j'attrapais son téton et je tétai.

Bien plus tard, ma mère apprit avec stupeur que le procureur connaissait très bien le dossier de mon père, il savait pourquoi maman était là. Il refusait simplement de se mêler de cette affaire à la demande de certaines personnes de Fada N'Gourma. Ce voyage avait été pénible, coûteux et absolument inutile. La mort dans l'âme, nous sommes rentrées à Fada.

## 12

Dès le lendemain de notre retour, maman alla à la prison pour faire part de la mauvaise nouvelle à papa. Mais elle fit, avant cela, un tour au marché. Malgré ses maigres moyens, elle tenait toujours à gâter papa lorsqu'elle allait le voir.

« Bonjour, madame, mettez-moi cinq mangues, un régime de bananes et quatre tas d'arachides grillées. C'est combien les goyaves ?

— Cent francs seulement, madame

— Cent francs ? Elles viennent de loin ?

— Non, mais ce n'est plus la saison, donc ça nous coûte cher à l'achat et on ne fait même pas beaucoup de bénéfice là-dessus, répondit la vendeuse en souriant.

— Mais dans ce cas ne les vendez pas, alors ! Pourquoi ne pas vous contenter de proposer des produits de saison ? En plus, ça laisserait aux goyaves le temps de bien mûrir. »

La vendeuse l'écoutait attentivement. Son sourire commercial s'était un peu figé.

« Ah ça, c'est vrai, madame, mais c'est le commerce. Ce sont les clients qui demandent ça.

— Voilà, madame, dit maman en tendant l'argent à la vendeuse… Le compte est bon. »

La vendeuse regroupa les mangues, le régime de bananes et les arachides grillées. Elle attrapa un sac en plastique noir et s'apprêtait à y déposer les fruits.

« Non, madame, pas de sachet, dit maman en sortant un foulard de son sac à main. Tenez, mettez tout dedans. »

Lorsque nous sommes arrivées à la prison, il était midi et demi. Un policier était assis devant la porte. Maman s'avança vers lui.

« Bonjour, monsieur, je viens voir mon mari, M. Sankaké.

— Qu'avez-vous dans le sac ? Faites voir. »

Maman déposa son sac et entreprit de déballer son contenu. Elle connaissait les procédures des policiers maintenant. Elle présenta à l'agent une assiette de riz au gras avec de la viande de mouton et des légumes.

« J'ai aussi des mangues, des bananes, des arachides et du jus de gingembre.

— Vous connaissez le règlement ? demanda le policier.

— Oui, monsieur. »

Maman prit une cuillerée de riz et la porta à sa bouche, puis une gorgée de jus de gingembre. Elle n'avait jamais compris pourquoi les policiers voulaient s'assurer que la nourriture qu'apportaient les visiteurs n'était pas empoisonnée. Si elle avait voulu se débarrasser de son mari, elle n'aurait pas eu besoin de l'empoisonner, il lui suffisait de l'oublier et de le laisser croupir dans sa prison.

« C'est bon, vous pouvez passer. »

Papa nous attendait, assis sous le seul arbre de la cour de la prison. Son feuillage était dense et donnait beaucoup d'ombre. Le reste de la cour était écrasé par le soleil.

« Bonjour, lança maman à notre arrivée.

— Bonjour, comment vas-tu ? répondit papa, tellement heureux de nous revoir, lui qui n'avait plus eu de visite d'elle depuis plusieurs jours.

— C'est à toi qu'il faut poser la question.

— Maintenant je vais mieux, répondit papa. Tu as fait un bon voyage ?

— Oui ça va, ils ont commencé des travaux sur une partie de la route mais c'est toujours aussi pénible. À un endroit on a même été obligé de sortir du car pour le pousser, il y avait de la boue partout. La saison des pluies n'arrange pas la route. »

Elle *tchipa* mollement.

« Je ne sais même pas ce que ce gouvernement fout. »

Elle fit un second *tchip*, plus sec.

Le regard de papa s'attarda sur le sac que maman venait de déposer près de ses pieds.

« Ah oui ! Je t'ai apporté de quoi manger. »

Elle sortit le repas du panier. Un policier les observait depuis un certain temps.

« Dis donc, ils sont toujours aussi pénibles les policiers ici ?

— Aujourd'hui ce n'est rien. Il fallait voir, la semaine dernière, ils ont tabassé un prisonnier jusqu'à ce qu'il s'évanouisse. »

Maman regarda papa avec des yeux exorbités.

« Tu ne me l'avais pas dit.

— C'est comme ça. Ils sont en colère contre le gouvernement. Ils n'ont pas touché leur solde depuis dix mois, et ce sont les prisonniers qui trinquent.

— Mais ça, c'est leur problème, ils n'ont qu'à s'énerver contre le gouvernement, pas contre les prisonniers. Hamado, je suis inquiète… Tout ça ne me rassure pas du tout.

— Ne t'inquiète pas, je ne risque pas grand-chose avec eux », répondit papa en posant sa main sur son avant-bras.

Elle sursauta. Ce simple geste avait surpris ma mère. Il y avait tellement longtemps qu'elle n'avait pas senti la chaleur de son mari, en tout cas pas comme ça. La peau de papa était restée douce malgré les conditions de vie dans la prison. Je pouvais moi aussi le ressentir quand mes petits doigts touchaient son visage. Ce simple contact dilata le temps, maman sentit une vague d'émotions partir de sa poitrine et inonder son corps. Elle se rendit compte à quel point son mari lui manquait, à quel point sa chaleur, ses baisers et ses caresses lui manquaient. Elle savait que rien n'était plus comme avant, mais que leur amour n'avait rien perdu de sa force. Elle avait pu douter de lui un moment, rongée par l'incompréhension, épuisée par la pesanteur de sa nouvelle vie. Mais ce simple geste de papa avait suffi à la conforter dans ce que, au plus profond d'elle-même, elle avait toujours su.

Elle servit papa qui savourait déjà la première cuillerée de riz au gras. Elle était assise à côté de lui et moi, sur ses genoux à elle.

« Alors, tu as pu voir le procureur du Faso ?

— Non, il a refusé de me recevoir.

— Ce qui signifie que je vais encore rester un petit moment ici. »

Il l'avait dit sur un ton neutre, comme s'il n'était pas plus touché que cela mais son regard s'était fixé sur un point quelque part dans le vide. Il resta un long moment silencieux en mangeant son riz au gras, un peu trop rapidement. On le sentait perdu dans ses pensées. Puis il reprit, la bouche pleine :

« Tu me diras… Je commence à m'habituer. »

Maman regarda papa avec tendresse. Il ne cachait pas sa faim. Même si le riz était froid, elle voyait bien que ce plat lui faisait réellement plaisir. Ils étaient mal nourris à la prison.

« Pourquoi tu dis ça ? demanda-t-elle ?

— Ils n'ont toujours pas retrouvé les traces de celui qui a cambriolé la trésorerie et tout le monde continue à croire que c'est moi le voleur. Surtout le procureur… Je ne sais pas ce qu'il a contre moi, ce type. Je me dis que c'est bien pratique pour lui d'avoir un coupable idéal sous la main. Son dossier aura été rondement mené et vite conclu. C'est bon pour ses statistiques, mais s'ils n'attrapent jamais le vrai coupable, comment pourrais-je être innocenté ?

— Je sais, dit maman, j'ai essayé d'avoir plusieurs rendez-vous avec lui jusqu'à fatiguer… Il ne répond jamais. »

Papa déposa l'assiette de riz sur le côté et regarda maman dans les yeux.

« Je ne pourrai jamais rembourser cet argent, Djelila. »

Ses larmes commencèrent à monter, il les réprima comme il put.

« Je te demande pardon… Je suis vraiment désolé, je vous ai mis, les enfants et toi, dans des problèmes… Je me sens tellement nul, impuissant.

— Hamado, ce qui nous arrive n'est pas ta faute.

— Si tu savais combien je m'en veux.

— Ce n'est pas ta faute mon amour, répétait maman.

— Quand je pense qu'à cause de moi tu dois supporter ces voyages interminables…

— Ne t'inquiète pas, tout va bien ! Nous sommes en vie et en bonne santé, c'est ça l'essentiel… Ça a été dur au début, mais aujourd'hui on s'est habitués et on s'en sort plutôt bien et puis, mon père nous aide de temps en temps. »

Maman mentait bien sûr, elle avait de plus en plus de mal à joindre les deux bouts.

« C'est vraiment gentil de la part de ton père. Il doit m'en vouloir…

— Ne dis pas ça, il s'inquiète, c'est tout ! Je te ferai sortir d'ici, Hamado, et ce jour-là, je me mettrai devant le procureur et je le huerai devant tout le monde ! Le jour où ton honneur sera reconnu par tous, sa honte le sera aussi ! »

Puis elle ajouta avec un air de défi malicieux :

« Avec sa grosse tête là ! »

Ils éclatèrent de rire, comme s'ils n'étaient que tous les deux, seuls au monde sous cet arbre, au milieu de la cour de la prison. Ça faisait longtemps qu'ils n'avaient pas ri autant.

« Tu es une femme remarquable, Djelila, et j'ai vraiment beaucoup de chance de t'avoir. Combien de femmes pourraient tenir plus de quatre mois comme ça ?

— Et je serai là pour t'accueillir le jour où tu sortiras de cette prison, Hamado. »

# 13

L'émission s'est bien passée. Mon trac aussi est vite passé. Les intervenants étaient tous bien. Les universitaires utilisaient parfois des mots savants que les journalistes leur demandaient d'expliquer pour les auditeurs. J'en profitais pour enregistrer. J'étais bien contente qu'on demande au linguiste de préciser la différence entre « transculturalité » et « interculturalité ». Mais finalement le sens caché par ces mots complexes n'est pas si compliqué. Ces gens s'expriment en *gros-gros français*, comme on dit chez moi, et c'est peut-être seulement ça qui fait la différence entre un intellectuel et un être humain normal. Les deux journalistes ont été vraiment exceptionnels. Ils ont su amener avec douceur leurs invités à être aussi clairs que possible sans pour autant réduire la qualité du débat. RFI est très écoutée en Afrique et dans le reste du monde. Maman fait partie de ces millions d'auditeurs. Quand je parlais, je l'imaginais devant son poste. Pourvu que les piles de sa vieille radio – celle qu'écoutait déjà papa à l'époque – aient tenu le coup. Je suis certaine qu'elle a prévenu toute la famille et même tout le quartier que sa fille passait à la radio. Cela dit, avec le décalage horaire, l'émission a été diffusée à partir de 5 h 30 à Ouaga. Pas sûr qu'il y ait tant de gens que ça devant leur poste à cette heure-là, hormis maman.

Pas le temps de lui passer un coup de fil pour savoir comment elle m'a trouvée, quelqu'un vient me récupérer à la sortie du local où RFI a installé son studio. On me conduit dans un salon, on doit me présenter des gens. Il y a l'ambassadeur de Côte d'Ivoire, celui du Niger, l'ambassadrice du Ghana et une foule d'autres dont je n'arrive pas à retenir les titres et les noms. Mais peu importe en vérité. Il s'agit de donner à chaque personne qui nous fait croire qu'elle nous connaît l'impression qu'on la connaît aussi. Avec quelques sourires exagérés, quelques marques d'amitié vite oubliées et des signes d'intérêt particulièrement appuyés, on peut flatter l'ego de tout le monde. Et, pour peu qu'on soit soi-même soumis au même traitement, on peut aussi se sentir tout à fait à sa place au milieu de tous ces gens. Chaque fois que je tentais de m'approcher du buffet, je me faisais happer par une discussion courtoise et superficielle, à deux mètres des petits fours sucrés élaborés à partir de recettes traditionnelles éthiopiennes, avec des tasses d'un thé sud-africain merveilleux, paraît-il. Toutes ces personnes sont intéressantes, mais l'effet de masse rend difficile la mémorisation de l'identité de chacun. Celui-ci, c'est l'ambassadeur de quoi déjà ? Et celle-là, c'est la porteuse du projet de pédagogie numérique ou la directrice des éditions de manuels scolaires ?

Ensuite, quelqu'un est venu nous prévenir qu'il était temps d'aller nous installer dans la salle de conférences. J'ai profité du mouvement de foule qu'avait provoqué cette annonce pour m'approcher enfin du buffet. Mais il était trop tard, il n'y avait plus de petits fours, le thé merveilleux avait disparu, les traiteurs empilaient déjà les dernières assiettes vides. Le barman m'a proposé le soda cola qui restait avec un air contrit.

Dans la salle de conférences, sur l'estrade, il y a déjà trois intervenants. Je m'installe parmi eux sur la chaise qu'on m'indique. Chacun est spécialiste en son domaine, lequel présente un noyau passionnant sous un épais vernis d'ennui. Il y a aussi une modératrice, une romancière marocaine célèbre. Elle parvient heureusement à mettre de la chaleur dans ces échanges très techniques développés par des gens très compétents et très mal à l'aise avec l'expression orale en public. J'essaie de suivre un peu le premier intervenant. C'est un linguiste qui commence son intervention de manière amusante en comparant les différentes expressions françaises qu'on trouve un peu partout dans le monde, en Belgique, dans les pays francophones d'Afrique, au Québec et, bien sûr, en France. Ces expressions me parlent, je suis ravie de constater que les Belges, les Québécois et même les Français maltraitent notre langue commune avec le même irrespect gourmand que les Africains. Mais, passé la liste des expressions les plus drôles et leurs équivalents d'un bout à l'autre de la Francophonie, l'intervenant retrouve son *gros-gros français* d'universitaire et l'exposé s'enlise dans un ronron soporifique. Pour moi du moins, car je vois dans le public des gens acquiescer régulièrement, certains prennent des notes. J'essaie de me concentrer sur ma propre intervention. Le plus discrètement possible, je relis mon texte que j'ai posé sur les genoux, tout en acquiesçant moi aussi quand le linguiste dit une phrase qui fait acquiescer le public.

La conférence est sûrement intéressante, les débats qui suivent les différentes interventions le sont probablement aussi. Je suis le prototype de la francophone qui a réussi grâce au français, grâce à la France aussi. Sans la maîtrise de cette langue, je n'aurais jamais pu avoir un public et j'aurais dû me limiter à mon pays. Sans la puissance des réseaux culturels et des médias français, je n'aurais jamais eu cette audience. Si j'étais partie aux États-Unis, elle serait peut-être plus vaste, mais ça, je ne le dirai pas.

Si j'ai bien compris, on attend de moi que je parle de mon parcours de francophone non native – puisque ma langue maternelle est le mooré – qui a su s'imposer aux médias et aux publics par son usage créatif du français.

Globalement, je ne m'ennuie pas du tout durant cette journée à l'OIF. Au contraire, j'apprends tellement sur cette langue française qui n'était pas la mienne et que je me suis appropriée. Et je me sens tellement plus à l'aise que ce matin, avant ma première émission. Ça y est, c'est à moi de parler.

« Madame la secrétaire générale de la Francophonie, Mesdames et Messieurs les honorables représentants des différentes délégations, honorables membres de cette grande institution qu'est la Francophonie, chers francophones de tous horizons… »

Maman terminait d'étaler les vêtements sur le fil tendu en travers de la cour. Elle rassembla ensuite les bassines en plastique et les empila les unes dans les autres pour les ranger dans la cuisine. Soudain, on frappa à la porte. C'était le fils de la voisine.

« Bonjour, je voudrais des galettes s'il vous plaît.

— Tu en veux pour combien ?

— Pour cent francs. »

Ma mère récupéra les cent francs et lui servit les galettes. Elle se doutait bien que si le fils de la voisine, qui en vendait elle-même, venait acheter ses galettes, ce n'était pas pour ses beaux yeux. C'était certainement pour tenter d'en comprendre la recette.

Un jour, la voisine avait osé mettre un pagne où était écrit « Mon mari est capable » et elle était venue chez nous pour narguer maman en lui demandant des nouvelles de papa. Parmi tous les pagnes qu'elle pouvait porter, elle avait choisi de mettre le pagne « Mon mari est capable » ! C'était une provocation en bonne et due forme.

« Bonjour, voisine, vous arrivez à vous en sortir sans votre mari à la maison ? Comment faites-vous ? Il sort quand de prison ? »

Devant le silence de maman, elle insista :

« Ne me dites pas qu'il est déjà sorti de prison et qu'il a trouvé un deuxième bureau en vous abandonnant vous et vos sept enfants ? Vous savez, les hommes sont ce qu'ils sont, ils ne changeront jamais. »

Ma mère se contenta de lui dire que papa rentrerait bientôt. Et elle ajouta :

« Ce n'est pas parce qu'un âne a mangé de la farine que ça blanchit la bouche des autres ânes. »

Tout le quartier savait que le mari de la voisine allait chercher ailleurs ce que sa femme ne lui offrait pas.

Le lendemain, ma mère reçut une lettre de grand-père qui lui disait d'aller voir le président de la cour d'appel à Ouagadougou. C'était encore un voyage à faire. Elle alla rendre visite à mon père pour lui demander ce qu'il en pensait. Mon père, qui n'était pas dans un jour de grande forme, se contenta de répondre que c'était à elle de prendre une décision. À elle et à Dieu, en bon croyant, il avait tout remis entre les mains de Dieu. Sa foi dans la justice des hommes avait du plomb dans l'aile et il ne fondait plus trop d'espoir dans les démarches de ma mère. Mais elle refusait de baisser les bras.

Et nous voilà, ma mère et moi, de nouveau dans le car de la compagnie Wendkieta à destination de Ouagadougou.

À trente kilomètres de Ouagadougou, le moteur fit un grand bruit et le car s'arrêta mollement au milieu de la route.

« Que se passe-t-il ? demanda un passager.

— Je ne sais pas, répondit le chauffeur. Je ne connaissais pas encore ce bruit. D'habitude avant de s'arrêter comme ça, il fait un bruit plus… moins… enfin, un autre bruit, quoi. Ce car est tellement vieux qu'il faut s'attendre à tout.

— Ça doit être certainement un problème mécanique, lança un monsieur au fond du car.

— Ah ça ! On est tous d'accord », répondit le chauffeur en riant.

Puis, se tournant vers son apprenti : « Aly, prends la caisse à outils et va jeter un coup d'œil ! »

Tout le monde en profita pour descendre se dégourdir les jambes. Les hommes s'alignèrent pour pisser les uns à côté des autres en échangeant des hypothèses sur la cause de la panne. L'un s'était spontanément mué en expert ès mécaniques, tel autre avait une ou deux anecdotes de pannes à raconter. Les femmes s'éloignèrent de l'autre côté de la route pour aller faire leurs besoins dans la brousse. Indifférent aux diagnostics plus ou moins avisés des uns et des autres sur l'origine du problème, l'apprenti s'était mis au travail. Il commença à examiner le moteur par en dessus, puis par en dessous. On était parti pour rester un peu sur le bord de cette route. Les passagers, habitués à ce genre de panne, s'installèrent à l'ombre des rares arbres du paysage. Chacun attendait patiemment. Même les curieux autour de l'apprenti finirent par le laisser travailler, sauf un passager qui restait près de lui observant de près tous ses gestes. Chaque fois que l'apprenti démontait quelque chose, il s'empressait de lui demander ce qu'était cette pièce et à quoi elle pouvait bien servir. Il fallait bien tuer le temps, il n'était pas rare que ces pannes immobilisent les cars une demi-journée.

Nous attendions tous depuis un bon moment, maman avait étalé son foulard sur les herbes bien vertes de la fin de saison des pluies et elle s'était assise dessus, les jambes allongées, moi sur ses genoux, tétant un os de poulet.

Deux heures que le car était en panne. L'apprenti chauffeur déclara la panne irréparable. Il partit à Ouagadougou dans une voiture de passage pour aller chercher une pièce de rechange. Il faisait chaud, les passagers commençaient tous à rouspéter. Le chauffeur leur demanda de se calmer et de tenir bon. Maman jeta un coup d'œil à l'horizon. Le ciel commençait de s'assombrir, la nuit n'allait pas tarder à tomber.

Elle pensait à tous ces voyages qu'elle avait déjà faits. À tous les refus auxquels elle avait déjà été confrontée. Elle était en colère, elle en voulait à ces avocats qu'elle trouvait inutiles, au procureur du Faso qui n'avait jamais voulu la recevoir et l'avait traitée avec mépris, et surtout au procureur de Fada qui avait mis gratuitement son mari en prison et refusait de reconnaître son erreur. Mais pourquoi cet homme avait-il une dent contre elle et son mari ? Si ça se trouvait, il ne voulait pas relâcher Hamado Sankaké, simplement pour ne pas avoir à reconnaître qu'il avait fait une bourde. Reconnaître son erreur, c'est reconnaître en même temps son application, voire son acharnement à rester dans l'erreur. Elle en était là de ses pensées quand soudain une femme, de petite taille, habillée d'un ensemble en wax, s'avança vers elle.

« Vous voulez de l'eau, madame ? J'ai acheté un sachet d'eau et le vendeur n'avait pas assez de monnaie, alors j'en ai pris un deuxième, mais je n'en ai pas besoin. »

Cette femme avait une voix suraiguë et parlait à toute vitesse. Ma mère la regarda avec hésitation et elle accepta son eau.

« Merci. »

La femme commença à s'installer à côté d'elle.

« Je peux ? » demanda-t-elle.

Avant que maman ait eu le temps de répondre, elle s'était déjà assise. Maman récupéra le sachet d'eau et, après m'en avoir fait boire la moitié, elle avala le reste d'une traite.

« On dirait que vous avez fait deux jours sans boire une seule goutte… Vous voyagez souvent ?

— Non… Enfin, oui, beaucoup ces derniers temps. Dire que j'ai hésité à prendre un autre car plus tôt ce matin ! Il faut absolument que je sois à Ouaga ce soir, j'ai un rendez-vous important demain matin.

— Avec le juge de Ouagadougou ?

— Je vous demande pardon ?

— Je vous ai reconnue… Vous n'ignorez pas que les nouvelles vont bon train au marché de Fada ? Et si vous voulez tout savoir, mes collègues vendeuses de farine et moi nous vous admirons beaucoup et nous vous soutenons. Vous savez comment on vous appelle sur le marché ?

— On m'a donné un surnom au marché ?

— Oui, on vous appelle la Baronne. Celle qui n'a peur de rien. »

Maman regarda la femme, étonnée, et baissa la tête.

« Peur de rien ? Si vous saviez… »

Elle marqua un silence puis, se redressant, elle reprit :

« Donc tout le marché est au courant que mon mari est en prison ? »

La femme se pencha de côté pour mieux regarder maman.

« Nous sommes surtout fières de vous, de votre courage. Tenir tête à la justice n'est pas à la portée de tout le monde. Défendre votre époux bec et ongles, c'est bien. J'en connais plein qui utiliseraient ça comme prétexte pour quitter leur mari, ou aller chercher ailleurs. Vraiment, je vous admire. »

Maman n'arrivait pas à croire que tout le marché soit au courant.

« Vous savez, continua l'autre, vous êtes un exemple. Quand vous venez faire votre marché, on n'ose pas vous parler, mais pour toutes les femmes et même pour certains hommes vous êtes une dame de fer. C'est d'ailleurs comme ça qu'on vous surnomme au marché, la Baronne ou la Dame de fer. Tout le monde parle de cette histoire.

— Oh, vous savez, les gens exagèrent, je ne suis pas si forte que ça… »

La femme éclata de rire.

« Vous rigolez ? Je parie que vous n'avez même pas quarante ans et vous vous battez comme une lionne pour sortir votre mari de prison. Madame, je vous félicite, vous faites la fierté des femmes. Si toutes étaient comme vous, les hommes la ramèneraient moins. Je m'appelle Assana. Je suis ouagalaise d'origine. Je vis à Fada depuis maintenant quinze ans. Et je vais à Ouagadougou pour enterrer ma mère.

— Toutes mes sincères condoléances. Vous devez avoir le cœur déchiré.

— Non, ça va, c'était une *née vers*, mais elle devait avoir au moins cent ans. Elle a bien vécu ! Elle a fait son temps, et même un peu plus.

— Moi, la mienne nous a quittés beaucoup trop tôt. Je n'avais que quinze ans quand une maladie l'a foudroyée, en deux semaines. Enfin, elle nous regarde maintenant de là-haut.

— Oh ! Toutes mes sincères condoléances aussi, madame.

— Vous savez, c'était il y a plus de vingt ans.

— Oui, mais quand même ! Une mère est une mère. »

La nuit était bien tombée quand le chauffeur rappela tout le monde. Le car était enfin réparé. Les passagers se plaignaient. À cause du chauffeur, ils allaient payer très cher le taxi pour rentrer chez eux. Certains essayaient de négocier pour être déposés dans leur quartier. Je m'étais endormie sur l'épaule de maman, épuisée par ce voyage interminable. J'ai été réveillée brusquement par le brouhaha des passagers, tout le monde commençait à se lever et à rassembler ses bagages.

De chaque côté, par la fenêtre, on voyait les premières maisons de Ouaga. Elles défilaient toutes devant mes petits yeux ensommeillés. Les maisons devenaient de plus en plus nombreuses. Enfin, il y eut un grand bruit de pneus et le car s'arrêta à la gare routière de Ouaga. L'arrivée d'un car crée toujours une effervescence. Les commis couraient dans tous les sens. Des passagers hurlaient :

« Porteurs ! Porteurs ! »

Des jeunes hommes passaient en criant d'un groupe à l'autre espérant gagner quelques pièces de monnaie en portant les bagages d'un voyageur. Maman refusa qu'on lui porte son sac, le voyage lui avait coûté assez cher. La bonne femme qui discutait avec ma mère vint la saluer en lui souhaitant bonne chance.

# 14

Maman était devant le président de la cour, elle terminait son histoire. Elle l'avait racontée si souvent qu'elle l'avait commencée sans conviction, déjà convaincue que, cette fois encore, la démarche n'aboutirait pas. Mais au fur et à mesure qu'elle avançait dans son récit, elle sentait l'attention du président se préciser. Quand elle eut terminé, il semblait profondément concentré.

« Madame Sankaké, je ne suis pas informé de cette histoire. »

Ma mère pensa qu'il devait bien être le seul dans tout le pays.

« Donnez-moi une minute, s'il vous plaît. »

Il décrocha son téléphone et appela sa secrétaire.

« Dites-moi, Georgette, pouvez-vous m'apporter le dossier Hamado Sankaké, de Fada ? »

Et il se replongea dans le dossier qu'il avait sous les yeux lorsque ma mère était entrée dans son bureau et sembla ne plus prêter attention à elle. Un long moment se passa comme ça, sans qu'il ne lève les yeux. Il lisait son dossier, prenait des notes sur un cahier, ouvrait un gros livre posé à côté de lui, vérifiait quelque chose dedans, le reposait. Ma mère occupait le temps comme elle pouvait, elle regardait ses doigts, aplatissait les plis de son pagne, détaillait les objets posés sur le bureau du président. Au bout d'un long moment, elle se racla doucement la gorge, ce qui n'eut aucun effet. Elle recommença. Le président leva la tête vers elle, puis sans lui dire un mot, il rappela sa secrétaire :

« Georgette ? Il y a un problème avec le dossier que je vous ai demandé ? Comment ça, vous ne le trouvez pas ? C'est une affaire qui remonte à cinq mois... Les archives ? Non, non ! Autant demander que le tribunal de Fada nous envoie une copie, ce sera moins long que de faire remonter un dossier des archives. Bon. Très bien. Merci, Georgette. »

Il raccrocha puis dit à ma mère :

« Mais que se passe-t-il ? Je ne comprends pas trop bien cette histoire, madame Sankaké, comment se fait-il que je n'aie aucun dossier au nom de votre mari ? Je m'interroge, madame Sankaké, je m'interroge ! »

Il fixa maman comme si elle pouvait lui fournir une explication. Et puisqu'il la regardait en silence, elle pensa qu'il lui avait réellement posé la question. Elle s'apprêtait à proposer une hypothèse qu'elle improviserait dans l'instant, elle n'en eut pas le temps. Le président de la cour d'appel sortant de ses interrogations intérieures dit soudain :

« Ne bougez pas, madame Sankaké, je reviens dans un instant. »

Il se leva énergiquement de son fauteuil et sortit de son bureau. Il se passa bien quinze minutes avant qu'il revienne. Maman se demandait s'il ne l'avait pas oubliée. Elle hésitait à sortir dans le couloir. Peut-être trouverait-elle quelqu'un qui pourrait lui dire où était parti le président. À ce moment, il revint dans son bureau, en marchant lentement, les mains dans le dos, l'air absorbé par ses pensées. Il reprit place dans son fauteuil et dit à maman :

« J'ai consulté quelques collègues et il ressort qu'il n'est pas impossible qu'il y ait eu dans l'affaire de votre époux une sorte de… comment dire ?… de grippage de la machine procédurière, voyez-vous ? Un léger dysfonctionnement, si vous voulez. »

Le visage de maman s'éclaira.

« C'est une erreur judiciaire ? Donc Hamado va pouvoir sortir, vous allez le faire libérer ?

— C'est plus compliqué que cela, madame. J'ai envie de dire, c'est plus politique, mais je vous épargne les détails, disons seulement qu'on ne peut pas le libérer d'un claquement de doigts, comme ça. Les décisions prises à l'encontre de votre mari ne sont pas à proprement parler illégales, elles sont seulement… Comment dire ?… Elles sont abusives. Vous comprenez ? »

Le visage de maman devait exprimer quelque chose qui découragea le président d'aller plus loin dans ses explications.

« Non, vous ne saisissez pas. Je vous comprends. Écoutez, vous allez retourner à Fada dès demain et dire à votre mari de faire une demande de mise en liberté provisoire. C'est bien clair ?

— Ce n'est pas la peine, monsieur le président, mon mari a déjà fait la demande à deux reprises et la demande a été rejetée les deux fois.

— Madame Sankaké, écoutez-moi : demandez à votre mari de faire une demande de mise en liberté et si on la lui refuse, dites-lui de répondre tout simplement qu'il fait appel. D'accord ?

— Mais je vous dis que… »

Elle voulut protester mais se ravisa.

« D'accord, monsieur le président !

— Bonne journée, madame, et faites bien ce que je vous ai demandé. Et surtout, madame Sankaké, gardez bien confiance dans l'administration judiciaire de votre pays, car si le chemin de la liberté est parfois tortueux, il arrive toujours à la justice. »

Maman est sortie du bureau du président de la cour d'appel avec la mine triste, elle croyait qu'il avait voulu se débarrasser d'elle, comme tous les autres avant lui. Le soir, en rentrant dans la cour paternelle au secteur 11, elle se présenta devant son père et lui fit le compte rendu de ce nouvel entretien.

« Tu dois suivre les conseils du président de la cour d'appel. Dépêche-toi d'aller retrouver ton mari demain et dis-lui de faire ce qu'il te demande. D'accord ? Et prends ça pour ton transport. »

Il lui tendit un billet de cinq mille francs.

« Merci, papa.

— Ce n'est rien. Ne baisse pas les bras, continue à te battre et à t'occuper de tes enfants. Que le Tout-Puissant veille sur toi et sur ta famille. Maintenant va manger et repose-toi un peu. »

Dès notre arrivée à la gare de Fada, maman sauta dans un taxi en direction de la prison sans passer par la maison. Elle demanda à voir papa. Le garde la fit attendre. Quelques minutes plus tard, papa arriva dans la cour de la prison.

« Je ne savais pas que tu étais déjà rentrée de Ouaga ? Tout va bien ?

— Hamado, je rentre à l'instant. J'arrive directement de la gare comme ça. Bon voilà, le président de la cour d'appel m'a demandé de te dire de refaire une demande de liberté provisoire… »

Papa l'arrêta net.

« Non Djelila, je ne ferai pas une demande de liberté, tu as vu comment ça s'est passé les autres fois ? Jusqu'à quand allons-nous devoir nous humilier devant ces gens-là ?

— Si, Hamado, il faut absolument que tu le fasses, le président de la cour d'appel a beaucoup insisté, il faut le faire.

— Et s'ils refusent encore ?

— Tu dis que tu fais appel. »

Papa ne voulait rien entendre. Il caressa sa calvitie d'une main, esquissa un vague haussement d'épaules tout en soufflant de l'air par le nez et en baissant son regard vers le sol. Même moi, je pouvais comprendre que tout cela signifiait *À quoi bon ?*. Il était épuisé par ces faux espoirs et ces déceptions qu'il avait si souvent supportées depuis son incarcération. Maman insistait :

« Hamado, je sais que tu en as assez, moi aussi. Mais nous ne devons pas baisser les bras. Nous n'avons pas fait tout ce chemin pour nous arrêter là… Pense aux enfants. Pense à nous. Et quels autres choix avons-nous ? Attendre cinq ans qu'on te libère enfin ? »

Papa demanda au garde de le ramener dans sa cellule. Il était fatigué, il avait perdu tout espoir. Il ne supportait plus le procureur à qui il vouait maintenant une haine tenace, le genre de haine qui se transmet d'une génération à l'autre.

Ce jour-là, maman quitta la prison sans avoir la certitude d'avoir convaincu papa.

Le lendemain de sa visite, papa alla s'asseoir sous l'arbre de la cour de la prison. Il était silencieux. Gilbert, le régisseur, vit bien qu'il était triste.

« Hamado, qu'est-ce qui ne va pas ? »

Papa lui raconta ce que maman lui avait dit la veille.

« Hamado, écoute ta femme. Djelila est une femme solide, qui a sa tête sur ses épaules. Elle se démène pour toi dehors. Je suis informé de toutes ses démarches, elle est méritante. Rien que parce que ta femme fait preuve d'un tel courage, tu ne peux pas baisser les bras. Et puis, qu'est-ce que tu as à perdre ?

— Mon honneur, Gilbert ! Ce maudit procureur peut me voler ma liberté, mais il n'aura pas mon honneur. Je ne veux plus m'abaisser à lui demander quoi que ce soit.

— Alors, tu es prêt à te priver d'un espoir de libération, simplement pour ne pas avoir le sentiment de t'abaisser à demander ta liberté ? Hamado, tous les hommes prisonniers ici rêveraient d'avoir à l'extérieur une femme qui se batte pour eux comme Djelila se bat pour toi. Et toi, tu veux faire le fier ? Pour gagner quoi ? »

Il faut croire que le sermon de Gilbert porta ses fruits. Mon père fit sa demande de liberté provisoire le lendemain.

Une fois qu'il l'eut rédigée, il la remit à Gilbert qui la transmit le jour même au procureur de Fada. Quelques jours après, des gardes vinrent sortir papa de sa cellule et le confièrent à des policiers. On l'escorta dans un fourgon aux fenêtres grillagées jusqu'au tribunal. Il n'y avait pas beaucoup de route à faire mais papa, le nez collé à la fenêtre, enregistrait toutes les images de l'extérieur qu'il pouvait.

On le fit attendre dans un bureau, puis dans un couloir, et on finit par le faire entrer dans la grande salle du tribunal où étaient traitées les affaires du jour. Il y avait là des hommes qui s'étaient bagarrés saouls dans un *maquis*, un chauffard ayant écrasé deux chèvres, un voleur pris la main dans le sac mais qui n'avait rien à dire pour sa défense. Vint le tour de papa.

« Monsieur Sankaké Hamado, votre demande nous est parvenue, dit le président. Nous l'avons attentivement étudiée. Je suis au regret de vous informer que, attendu qu'aucun fait nouveau, de nature à faire évoluer la position de la cour, n'a été apporté à votre dossier, celle-ci se voit dans l'obligation de rejeter votre requête. À moins que votre séjour en prison ne vous ait offert le temps suffisant pour réfléchir à ce qui a bien pu se passer ce fameux soir. Dans cette trésorerie. Dont vous étiez le responsable. Peut-être que depuis quatre mois la mémoire vous est revenue et que vous avez des éléments nouveaux à nous fournir. Si tel est le cas, nous vous écoutons avec le plus vif intérêt, monsieur Sankaké. »

Mon père bouillait intérieurement, ce qui se manifesta par un imperceptible clignement de l'œil. Il se tenait bien droit, faisant face au procureur, soutenant son regard.

« Eh bien, parlez, monsieur Sankaké, si vous avez quelque chose à nous dire. Ne soyez pas timide. Vous n'avez rien à dire ? Vraiment rien ? Alors, je pense qu'on va demander aux agents de police de vous raccompagner dans votre…

— Je fais appel ! lâcha mon père d'une voix forte et claire. Je fais appel », répéta-t-il.

Tous les regards s'étaient portés sur lui. Le procureur, interloqué par l'assurance – pour ne pas dire le défi – dont faisait preuve mon père, lui demanda :

« Vous avez dit quoi ? Vous faites appel ? Et au titre de quoi ? Votre dossier n'est pas à Ouagadougou. Ici, à deux reprises, vos demandes ont été rejetées, pourquoi croyez-vous que… »

Mais mon père ne l'écoutait plus, sans même un regard pour le procureur, il s'est levé et a demandé aux gardes de le raccompagner dans sa cellule.

Le lendemain, à midi, le greffier de justice du tribunal de Fada apportait le dossier de mon père à la gendarmerie.

« Bonjour, messieurs, je suis chargé de vous apprendre que, sur ordre du tribunal, vous devez transférer ce dossier au plus vite à Ouagadougou. »

# 15

Notre maison était emplie d'une lumière radieuse qui entrait par une large porte. Il y avait une grande terrasse où maman étalait son petit mil mélangé avec des épices et des condiments qu'elle faisait sécher sur une natte au soleil. Elle aimait préparer elle-même sa pâte pour ses galettes. Elle triait et lavait plusieurs fois le mil, le passait, pour enlever les cailloux, ajoutait ses condiments et, une fois qu'il était séché, elle mettait le mélange dans une petite bassine qu'elle portait sur sa tête jusqu'à un moulin, à quelques kilomètres de la maison, où elle le faisait moudre. Elle tenait absolument à ce que tout soit bien fait, proprement, dans les règles. Maman avait une réputation à tenir, et elle ne voulait pas servir de mauvaises galettes à ses clients, toujours plus nombreux. Ils venaient jusque des quartiers voisins pour acheter ses produits. Il y avait même des hommes politiques. Notre voisine, Mme Zongo, cherchait toujours à savoir quelle potion magique maman mettait dans ses galettes pour attirer autant de monde.

Dès que maman avait le dos tourné, mes frères et mes sœurs parlaient de Mme Zongo. Ils disaient que chez cette femme tout n'était qu'orgueil, mépris et hypocrisie. Même sa façon de marcher inspirait la méfiance. Elle avançait craintive et faussement humble jusqu'à son but, et sortait les crocs dès qu'elle l'avait atteint, comme une hyène. Son mari était docile et de petite taille. Il était militaire, il avait la réputation d'être un dur à la caserne. Mais il n'aurait pas osé nier que c'était elle qui commandait à la maison. Et s'il l'avait voulu, elle ne l'aurait pas laissé dire.

La vie suivait son cours. Ce soir-là, maman finissait de ramasser son mil sur la terrasse. Elle le mettait dans une grande bassine et le rangeait dans un coin du salon. En sortant de la maison, elle aperçut un monsieur qui garait sa mobylette, le greffier du tribunal venait lui rendre visite en personne. Maman se dirigea vers lui. Il était tout excité.

« Madame Sankaké, l'heure est grave ! Votre mari a fait appel et le procureur est dans une rage folle. »

Maman était toute contente mais elle n'en laissa rien paraître. Soucieuse de laisser le greffier lui communiquer toutes les informations qu'il avait à lui fournir, elle fit l'idiote pour l'inciter à la confidence.

« Ah bon ? Pardonnez-moi, monsieur, j'ignore les subtilités de la justice, ça veut dire quoi exactement ? »

Oubliant tout devoir de réserve, ainsi que la retenue et la dignité auxquelles son rôle de fonctionnaire attaché au ministère de la Justice aurait dû l'astreindre, le greffier se lança avec enthousiasme dans son récit, comme s'il racontait un film.

« Madame Sankaké, nous avons vécu quelque chose d'extraordinaire au palais de la justice aujourd'hui. Du jamais vu. M. Sankaké se tenait face au procureur. Il le regardait droit dans les yeux, comme ça… »

Ce disant, le greffier tâcha tant bien que mal d'adopter la posture de mon père et regarda ma mère comme si elle était le procureur.

« … Et ça ne plaisait pas beaucoup à monsieur le procureur, vous savez comme il est. Ça a duré un petit moment, hein ! Ah oui ! On aurait dit qu'on était dans un film de western où les deux ennemis se toisent dans la rue centrale au moment du duel et attendent jusqu'à la dernière seconde pour dégainer leurs colts. M. le juge a voulu intimider votre mari et il a dit : “Parlez monsieur Sankaké si vous avez quelque chose à nous dire, allez, voyons, ne soyez pas timide.” Votre mari est resté calme, il continuait seulement à fixer du regard M. le procureur, sans jamais baisser les yeux, ni la tête. On aurait dit Gary Cooper dans *Le train sifflera trois fois*. Vous avez vu *Le train sifflera trois fois* ? Vous avez la télévision à la maison ? Le suspense était à son comble. On entendait juste les mouches voler dans la salle. Le procureur ne savait plus quoi faire, il a pointé du doigt les deux policiers les plus grands et costauds : “Vous et vous là aussi, raccompagnez le prévenu dans sa cellule.” Je connais ces deux policiers, ils sont impressionnants, moi-même ils me font froid dans le dos. Et pourtant je n'ai rien à me reprocher, hein ?

— Mon mari non plus, a dit sèchement maman.

— Votre mari ? Ah non, non, non, bien sûr, bien sûr ! Mais attendez la suite, madame Sankaké, attendez la suite ! Alors votre mari là, M. Sankaké, il regarde le juge dans les yeux et il dit d'une voix calme, forte et claire : “Je fais appel !” »

Ma mère ne pouvait plus cacher sa joie, elle commença à sourire.

« Madame Sankaké, croyez-moi sur parole, tous les regards étaient portés sur M. Sankaké. Tout le monde regardait votre mari avec des yeux ébahis. »

Le greffier écarquillait les yeux autant que possible pour souligner son propos.

« Le procureur lui-même ne pouvait plus rien dire. Lui aussi avait les yeux grands ouverts. Comme ça là. Comme s'il venait de voir un fantôme en plein jour. Il était interloqué ! Personne ne lui parle comme ça d'habitude. Votre mari est le premier à avoir cette audace. Il y a eu un duel de regards entre le procureur et votre mari, mais aucun des deux ne baissait les yeux. Je dirais même plus, aucun des deux ne clignait des yeux ! Les policiers regardaient à droite le procureur, puis à gauche votre mari, puis à droite le procureur, puis à gauche votre mari, comme dans un match de tennis, mais aucun des deux hommes ne cédait. La tension était palpable. Les deux gros policiers, qui avaient commencé à marcher vers votre mari, restaient figés. C'est le procureur qui a fini par rompre le silence qui s'était imposé dans la salle : "Vous avez dit quoi ? — Je fais appel", a répété votre mari. Et je vous jure que tout le monde a vu des gouttes de sueur couler sur le front du procureur. Oui, oui, madame Sankaké, des gouttes de sueur ! Il en bégayait : "Vous… vous faites appel au ti… ti… titre de qu… qu… quoi ? Votre dos… votre dos… votre dossier n'est pas à Oua… à Oua, à Ouagadougou…" »

Petit à petit, mes frères, puis mes sœurs s'étaient approchés pour écouter le récit. La discussion avait lieu devant la porte de la cour. L'agitation du greffier avait attiré des voisins et les passants commençaient à s'agglutiner plus ou moins discrètement dans l'espoir de récolter de la matière pour les ragots du soir. Si la matière était bonne, les ragots pourraient encore servir jusqu'au lendemain au marché.

« Madame Sankaké, poursuivit le greffier, je vous le jure sur les têtes de mes deux femmes et de mes treize enfants, votre mari n'a même plus regardé le procureur. Il l'a négligé comme il faut ! Il n'a plus dit un seul mot, il s'est juste levé et il a demandé aux deux gros policiers de le ramener dans sa cellule. Il fallait voir les gens dans la salle ! Personne n'osait applaudir. Mais sur la tête de mes deux femmes…

— Et de vos treize enfants, l'interrompit maman qui ne cachait plus sa joie.

— Combien ? Treize ? Vous êtes sûre ? En tout cas, sur leur tête, madame Sankaké. Tout le monde avait envie d'applaudir votre mari. Aujourd'hui, monsieur le procureur a trouvé plus fort que lui ! C'est moi-même qui me suis occupé d'envoyer les documents de votre mari à la justice de Ouagadougou. Tout le monde tremble au bureau, je vous dis ! »

Maman avait écouté le greffier raconter l'histoire sans en perdre une seule miette. Elle aurait voulu lui demander de la raconter encore, tellement elle était heureuse. Elle imaginait la tête que faisait le procureur. Elle voulait danser, hurler de joie, mais elle se retint. Elle ne s'empêcha pas, en revanche, de balayer d'un regard triomphant l'assemblée, assez nombreuse maintenant, qui s'était attroupée autour de nous. Demain au marché, on parlerait de l'héroïsme de papa.

# 16

Deux jours plus tard, à Ouagadougou, un autre greffier de justice, dans un de ces costumes à manches courtes très en vue chez les fonctionnaires burkinabè, traversa les couloirs du tribunal d'un pas nonchalant. Il portait sous le bras un épais dossier. Arrivé au niveau du bureau de Séraphine, la secrétaire du second assistant du directeur adjoint, le greffier hésita. Une force en lui l'incita à oublier ce qui l'animait jusqu'ici. Il se redressa, gonfla sa poitrine, rajusta son costume, dépoussiéra ses chaussures en les frottant derrière ses mollets puis il frappa trois coups à la porte du bureau de Séraphine et, sans attendre de réponse, il l'ouvrit.

Séraphine était une très jolie jeune femme peu farouche, à l'esprit facilement badin. Elle n'était pas mariée. Tout le monde pensait qu'elle cherchait un mari autour d'elle, au ministère de la Justice. Pourquoi aller chercher trop loin ce qu'on a peut-être sous la main ? Mais on la soupçonnait de faire monter les enchères. Elle avait la réputation de ne pas être intéressée par les hommes en dessous du grade de chef de service. Le greffier, pensant sans doute que qui ne tente rien n'obtient rien, entra dans le bureau avec une blague déjà toute prête à l'esprit. Une femme qui rit n'est-elle pas une femme à moitié conquise ? Mais un homme était déjà là, à demi assis sur le bureau de Séraphine, souriant et penché vers elle. C'était M. Ilboudo, le chef de service du greffe du tribunal de Ouagadougou. Il se redressa et retrouva d'un coup tout son sérieux.

« Eh bien, Christophe ? Je vois que vous avez toujours sous le bras le dossier que je vous ai demandé d'apporter à M. le président. Il me semble que vous vous trompez de bureau là.

— Ah… Oui… C'est-à-dire que… Je…

— Filez déposer ce dossier, Christophe ! Vous m'expliquerez plus tard ce que vous veniez faire dans le bureau de Mlle Séraphine. Mlle Séraphine a beaucoup de travail, et n'a pas besoin d'être dérangée, n'est-ce pas ? » dit-il en adressant un clin d'œil et un sourire à la secrétaire. Puis se retournant, théâtralement sévère, vers son subalterne : « Allez ! Ouste ! Du balai ! »

Face à son chef de service, le greffier opta pour le repli stratégique qu'exigeait la situation.

« Oui monsieur, excusez-moi, monsieur, j'y vais de ce pas, monsieur. »

Christophe, le greffier, reprit sa route vers le bureau du président, animé de sentiments assez partagés à l'endroit de M. Ilboudo.

« Bonjour, monsieur le président, voici le dossier de Hamado Sankaké, de Fada N'Gourma, que vous avez demandé. »

Sans même lui adresser un regard, le président, concentré sur une note de service, lui répondit d'une voix distante :

« Merci, veuillez le déposer sur mon bureau. »

Le greffier s'exécuta et se retira.

Le président prit tout son temps pour lire attentivement les pièces importantes du dossier de papa. Après quoi, il appela Georgette, sa secrétaire, et lui demanda d'organiser une réunion dans l'après-midi même avec les membres de la chambre d'accusation. Cette réunion, assez courte, se tint à huis clos. Il en ressortit que toutes les personnes présentes optèrent pour la mise en liberté immédiate. Papa était libre.

Dès le lendemain, une secrétaire du tribunal de Fada se présenta au bureau du procureur de justice.

« Bonjour, monsieur le procureur, j'ai un courrier pour vous. »

Le procureur, installé dans son grand fauteuil, ne prit même pas la peine de lever la tête.

« Revenez plus tard, j'ai des choses importantes à faire.

— C'est marqué "Urgent" sur la lettre, monsieur.

— Bon, eh bien, qu'est-ce que vous attendez pour me l'apporter ? »

La secrétaire s'exécuta et ressortit rapidement du bureau, comme si elle avait affaire au diable en personne. L'homme examina l'enveloppe avant de l'ouvrir. À son grand étonnement, il remarqua que c'était une lettre du président de la cour d'appel de Ouagadougou. Il détestait ces gens de la capitale qui lui rappelaient toujours qu'il n'était pas le maître absolu et qu'il devait, lui aussi, parfois, obéir à des ordres. Il prit une grande inspiration avant la lecture du courrier.

« Je soussigné, Jean-Paul Kaboré, président de la cour d'appel de Ouagadougou, demande la mise en liberté immédiate de M. Sankaké Hamado. »

Les mains du procureur commencèrent à trembler suivies de ses bras et de tout son corps. Il entra dans une grande colère et, n'y tenant plus, il froissa la lettre et la jeta au sol. Il était hors de question de se laisser dicter sa conduite par ces prétentieux arrogants de Ouagadougou ! Sous prétexte que ces gens gravitaient autour du ministre, ils s'arrogeaient le droit de donner des leçons aux procureurs des provinces. Mais on pouvait attendre longtemps avant d'en voir un seul venir se frotter aux populations reculées au fin fond des territoires. Les paysans attardés, les coupeurs de routes dangereux, les bandits analphabètes et arriérés, et tous les idiots du village de l'arrière-pays, c'était son lot quotidien à lui, tandis qu'au ministère, à Ouagadougou, on buvait du champagne ! Et on se permettait de lui expliquer son métier ! De lui dire qui il devait incarcérer, qui il devait libérer !

Certaines mauvaises langues prétendaient que le procureur de Fada n'avait jamais accepté sa mutation dans la région Est. Son ambition était de faire une carrière mi-politique, mi-mondaine à Ouagadougou. D'aucuns lui prêtaient même l'ambition d'être un jour nommé ministre de la Justice. Ce poste à Fada, il l'avait pris comme une punition injuste, pire encore, comme une volonté politique de l'écarter, de le mettre hors course. Ses soupçons portaient même assez précisément sur les représentants d'un certain courant au sein de son propre parti politique, le Parti pour une démocratie de la justice, de la transparence et de la lutte contre la corruption, le PDJTCC.

En tout cas, rumeurs ou réalités, cela expliquerait sûrement son comportement irascible et autoritaire. Cela expliquait peut-être même sa tendance à commettre parfois des injustices flagrantes, comme dans le cas de papa. Ces injustices étaient, en quelque sorte, la manifestation de son autorité, la démonstration claire et évidente de son statut de potentat local. Il régnait en maître sur la justice et cela suffisait pour qu'il soit craint de tous. C'est la raison pour laquelle il vivait les instructions de Ouagadougou comme d'insupportables ingérences dans ses affaires. Il sentait qu'il était en train de perdre la main sur le dossier de papa et son orgueil ne pouvait pas le permettre, il fallait qu'il trouve une solution pour le maintenir en prison.

Le premier geste qui lui vint à l'esprit fut de cacher le dossier de papa dans son tiroir et de brûler la lettre de Ouagadougou. Il trouverait sûrement mieux par la suite.

À la maison, c'était la joie. Maman donnait des directives bien précises à chacun de mes frères et sœurs. Certains devaient nettoyer le salon, d'autres la cour, d'autres aller chercher de l'eau, du bois. Pour une fois, personne ne rechigna. Tout le monde était content de faire sa part, comme si cela pouvait accélérer le retour de papa. On ne savait pas quand, mais il n'allait pas tarder à rentrer à la maison. Nous étions tous excités, même moi qui dansais sur le dos de maman agitée par l'énergie joyeuse qui animait la cour. Je venais d'avoir deux ans. Je ne savais pas pourquoi tout le monde grouillait comme ça, mais j'étais heureuse de voir maman heureuse. Chacun de nous voulait raconter à papa ce qu'il avait vécu pendant son absence. Maman s'était remise à chanter quand elle cuisinait et qu'elle lavait le linge, elle plaisantait avec tout le monde.

Mais après deux longues journées ma mère n'avait toujours aucune nouvelle de la mise en liberté de papa. Elle commença à s'inquiéter. Avait-elle fait tout ça pour rien ? Allait-elle recommencer encore à chercher d'autres pistes, à voyager ? Tous ces déplacements l'avaient tellement épuisée. Mais maman chassa vite ces mauvaises pensées, elle était décidée à garder espoir.

Quatre jours plus tard, maman, toujours sans nouvelles de papa, décida d'aller voir une de ses connaissances, inspecteur au service des sports de la commune de Fada, M. Adjouma. Papa et lui jouaient au football à l'époque.

Derrière notre maison il y avait un grand terrain de foot, sur lequel papa et ses camarades se retrouvaient deux fois par semaine pour des matchs amicaux qui animaient tout le quartier.

Personnellement, j'ai attrapé le virus du foot un peu plus tard, après la révolution. Pour être précise, c'était très exactement à l'occasion du « Match des mamans ».

# 17

À l'époque du « Match des mamans », feu le président Thomas Sankara avait voulu mettre le sport au cœur de la vie des Burkinabè. Une fois par semaine, les fonctionnaires sortaient de leur bureau pour faire des exercices physiques. Le sport, vecteur de santé publique et de vertus morales, avait été décrété nouvelle priorité révolutionnaire, et les fonctionnaires, fers de lance et avant-gardes de la révolution, servaient de modèles à l'ensemble de la population. L'activité physique s'était ainsi répandue dans tous les quartiers.

C'est ainsi que, un jour, j'ai assisté à un match de foot entre l'équipe des mamans du quartier du secteur 10 et l'équipe des mamans du quartier du secteur 11. Deux semaines avant la rencontre, les mamans du secteur 10 s'étaient entraînées tous les après-midi, mais seulement à partir de 17 heures, pour éviter l'insolation. Comme entraîneur, elles avaient fait appel à M. Zounga. C'était un cycliste admiré dans le quartier, car il avait participé à plusieurs reprises au Tour du Faso. Il ignorait tout des règles du football, mais comme il était le seul sportif de haut niveau qu'elles connaissaient elles l'avaient choisi pour les préparer à la victoire.

La vraie difficulté avait été de trouver un arbitre incorruptible. On choisit finalement le maire de l'arrondissement, un homme irréprochable. Et dans un souci d'équité communautaire, les deux juges de touche furent respectivement le curé du quartier du secteur 11 et l'imam du quartier du secteur 10.

Enfin, le jour J arriva. On découvrit alors que le maire, en bon vivant qui profitait sans restriction des douceurs de la vie et en portait les lourds stigmates, ne pouvait pas courir aussi vite sur le terrain que les mamans, pourtant bien en chair, elles aussi. On l'installa donc sur une chaise d'arbitre de tennis empruntée à l'amicale sportive des expatriés.

De là-haut, il voyait tout. L'imam et le curé, vigilants, veillaient de chaque côté du terrain à ce qu'aucun pagne trop relevé ne dévoile une cuisse et qu'aucun sein indiscipliné ne déborde d'un corsage. Le coup de sifflet lancé, nos mamans entrèrent en action.

Maman portait le maillot numéro 10, un sacré bonhomme, celle-là. Elle courait avec ses grandes jambes derrière le ballon jusqu'au but adverse et feintait toutes les autres joueuses, même celles de son équipe. Mme Thiombiano, la voisine, portait le numéro 6, un vrai bulldozer, et mauvaise joueuse ! Elle *tchipait* toutes celles qui ne lui passaient pas le ballon. Et quand elle l'avait enfin, si une adversaire menaçait de s'en emparer, elle le prenait entre les mains et se mettait à courir en hurlant. La numéro 8 était ma tante Aline. Elle avait fait son service militaire, on l'avait donc nommée capitaine de l'équipe. Elle donnait des ordres à tout le monde, même au camp adverse. La numéro 1 était la femme de mon oncle, Tata Yoyo. Elle s'appelait Yolande mais on l'avait ainsi surnommée parce qu'elle était fan d'Annie Cordy. Yoyo était la gardienne de l'équipe des mamans du secteur 10. Elle toisait les adversaires qui s'approchaient de ses buts avec un regard qui voulait dire *Si tu me mets un but, je vais te* chicoter *correctement !* Du coup, ça perturbait les buteuses de l'équipe du secteur 11 qui hésitaient un peu à entrer dans la surface de réparation.

Après ce match historique, Malik, le comique de la famille, avait élaboré un sketch dans lequel il imitait le commentateur sportif de la radio nationale. Il nous le jouait régulièrement, ce qui nous faisait toujours beaucoup rire, surtout papa. Moins maman.

« Ça commence fort ! La balle est entre les pieds de Mme Diallo. Mme Diallo… Mme Diallo passe la balle à Mme Thiombiano. Mme Thiombiano… Mme Thiombiano hésite. On dirait qu'elle panique. Elle ne sait pas quoi faire du ballon. Mme Thiombiano repasse la balle à Mme Diallo. Mme Diallo centre vers Mme Sawadogo. Mais Mme Kaboré de l'équipe des Poulets Bicyclette du secteur 10 intercepte la balle avec la tête et l'envoie vers sa coéquipière Mme Traoré qui… Oh là là là ! Mme Traoré fait un impressionnant salto arrière et shoote dans la balle et marque… Contre son camp ! Et voilà que les mamans de l'équipe du secteur 10 se mettent à rigoler, elles se moquent des mamans du secteur 11. Ah ! On dirait que le ton est en train de monter entre les deux équipes. Le maire siffle un arrêt de jeu et le curé et l'imam entrent sur le terrain pour séparer les femmes qui commencent à se toiser méchamment. Mme Togoyeni, du comité sportif de l'arrondissement, propose de faire une pause repas, pendant laquelle une bonne portion de tô à la sauce gombo est servie aux joueuses pour les réconforter. Mais après ce repas, les capitaines des deux équipes demandent et obtiennent une sieste digestive. Malheureusement, après la sieste, quand toutes les joueuses sont enfin réveillées, l'arbitre, lui-même sorti du sommeil, constate que la nuit est tombée et décrète que la seconde mi-temps doit être reportée à une date ultérieure. »

Mais je m'égare. Revenons à maman et à son rendez-vous avec M. Adjouma.

« Bonjour, madame Sankaké, qu'est-ce qui vous amène ?

— Je suis venu solliciter votre aide. Mon mari, qui devait être libéré il y a deux jours, n'est toujours pas libre, donc je suis venue vous voir pour savoir s'il vous était possible de me passer le numéro du président de la cour d'appel de Ouagadougou afin que je puisse entrer en contact avec lui. »

M. Adjouma connaissait l'histoire par cœur, comme presque tout le monde à Fada. Il n'en fut pas moins surpris par la demande.

« Madame Sankaké, vous savez que votre mari, Hamado, et moi sommes de bons amis. Nos matchs de foot amicaux ne sont plus les mêmes depuis qu'il est incarcéré. Mais ce que vous me demandez là me dépasse un peu. Je ne suis pas certain d'être la bonne personne. Vous n'ignorez pas que je suis inspecteur au service des sports de la commune de Fada, je n'ai aucune compétence particulière concernant la justice.

— Je vous en prie, monsieur Adjouma, je suis perdue, je ne sais plus du tout vers qui me tourner. Toutes ces administrations, tous ces bureaux, je n'y comprends plus rien, j'ai vu tant de personnes et j'en suis toujours au même point.

— Je vous assure, madame Sankaké, il n'y a aucune connexion entre le service des sports de la mairie de Fada et le ministère de la Justice… »

Il hésita un moment, regarda maman qui avait effectivement l'air perdu. Elle s'était levée, mais restait là, sans réaction, plantée au milieu du bureau, sans qu'on sache si elle voulait partir ou reprendre la discussion. M. Adjouma comprit que cette femme, au-delà du contact du président de la cour d'appel de Ouagadougou, cherchait surtout un soutien. Elle était en train de mendier un allié, la présence, même fugace, de quelqu'un qui serait à ses côtés et lui dirait : *Repose-toi un moment sur moi, je vais mener ce combat avec toi.* Chacun, à Fada, connaissait le courage de maman, son combat, seule, depuis si longtemps, contre une administration injuste et sourde. Chacun devinait son épuisement. L'inspecteur des sports reprit la parole.

« Écoutez, madame Sankaké… Djelila, je vois bien que vous êtes dépassée par la complexité de la situation. Il est vrai que la fonction publique peut apparaître au néophyte comme un ensemble parfois assez abscons. Le citoyen lambda, qui n'a aucune expertise, peut facilement s'y perdre. Ce que je vais faire, c'est que je vais chercher le contact de ce monsieur du tribunal pour vous. Asseyez-vous, madame Sankaké, patientez un instant. »

Adjouma passa quelques coups de fil et finit par trouver une personne du service des eaux et forêts qui possédait un annuaire de la fonction publique à jour.

« Voilà, madame Sankaké, j'ai le numéro que vous demandiez. Attendez, je vais vous le noter sur ce bout de papier.

— Merci, monsieur Adjouma. Je sais que c'est beaucoup vous demander. Mais puis-je passer le coup de fil depuis votre bureau ? »

Adjouma n'était pas dupe, il savait que maman n'avait pas beaucoup d'argent. Même la monnaie de l'appel téléphonique au télécentre représentait une dépense. Il la regarda en souriant.

« Je vous laisse mon bureau cinq minutes, vous pouvez passer votre coup de fil tranquillement, je vais aller me chercher un café, prenez tout votre temps. »

Il composa le numéro du président de la cour d'appel, tendit le combiné à maman et la laissa seule dans son bureau. Pendant que le téléphone sonnait le cœur de maman battait si fort que je pouvais le ressentir dans ma poitrine. Elle priait de toutes ses forces pour ne pas tomber sur le répondeur. Et soudain, elle entendit une voix au bout du fil :

« Allô ?

— Bonjour, monsieur le président de la cour d'appel ? C'est Mme Sankaké au téléphone.

— Mme Sankaké ? Quelle Mme Sankaké ? Vous savez combien il y a de Mme Sankaké au Burkina Faso ? Soyez plus précise ma chère, je vous en prie.

— Oh, pardon, monsieur. Je suis Djelila Sankaké, mon mari, Hamado Sankaké, a été injustement emprisonné à la maison d'arrêt de Fada N'gourma et…

— Ah oui, ça me revient maintenant. Bonjour, madame Sankaké. Alors, ça y est ? Votre mari est à la maison ? Comment va-t-il ?

— Non, mon mari n'a toujours pas été libéré, monsieur le président.

— Comment ça ! M. Sankaké n'est toujours pas libre ?

— Non, ils ne l'ont pas libéré. »

On l'entendit jurer. Le président de la cour d'appel était visiblement hors de lui.

« Un instant, madame Sankaké, ne raccrochez pas, je suis à vous dans deux minutes. »

Il décrocha le combiné d'un second téléphone et appela directement le procureur du tribunal de Fada N'Gourma. Il actionna le haut-parleur pour que maman ne manque rien de la conversation.

« Bonjour, mes respects mon cher confrère.

— Monsieur le président de la cour d'appel, c'est un plaisir, que puis-je faire pour vous être agréable ?

— Dites-moi, cher confrère, comment se fait-il que M. Sankaké Hamado soit toujours incarcéré ? Il nous a semblé, après étude de son dossier, que les motifs de cette incarcération étaient particulièrement légers et, je n'irai pas par quatre chemins, que la mise en détention de ce monsieur nous paraissait tout à fait abusive. »

Le procureur de Fada ne s'attendait pas à cet appel, il accusa le coup et ne répondit pas tout de suite. Le président de la cour d'appel insistait.

« Eh bien, mon ami ? »

Le cœur de maman battait si fort que j'ai cru qu'il allait sortir de sa poitrine. Le procureur devait sentir poindre en lui une sourde colère contre ce nanti de la capitale qui se permettait de lui donner des leçons d'éthique professionnelle. Il répondit, en tout cas, d'une voix de plus en plus fébrile.

« Je me permets, cher confrère, dit-il enfin, d'émettre l'hypothèse que, vue de Ouagadougou, la subtilité de... de certains dossiers ou, disons, de certaines situations puisse échapper quelque peu à votre clairvoyance. Nous, magistrats de terrain, avons une vision plus pertinente, enfin, je veux dire... une vue plus détaillée de ces situations. Vous comprenez ?

— Mais que me chantez-vous là, mon vieux ? Vous me rejouez la vieille chanson de l'antagonisme, capitale *versus* provinces ? Puis-je vous rappeler que la République est une et indivisible, comme disent nos amis français, et que la justice est précisément une des principales institutions censées incarner et garantir cette indivisibilité ? Et vous savez pourquoi, n'est-ce pas ? Ce n'est pas à vous que je vais l'apprendre, n'est-ce pas ? »

Silence du procureur.

« Alors ? Je vous écoute... », insista cruellement le président de la cour d'appel.

Le procureur ne répondait toujours rien, cette fois la colère n'était plus sourde du tout, le piment lui montait vraiment au nez, c'était palpable. Le président poursuivit :

« Alors, je vous explique, mon bon ami, c'est parce que le droit s'applique également à tous les citoyens, où qu'ils se trouvent sur le territoire national, si vous l'avez oublié je vous invite à relire vos manuels de droit.

— Je n'ai pas à écouter vos sarcasmes arrogants, mon cher collègue. »

Le procureur avait prononcé « cher collègue » avec tout le mépris dont il était capable et en la matière il était très capable.

« Je n'ai pas le déplaisir de vous connaître personnellement mais je connais très bien les gens comme vous. Vous trônez fièrement dans vos beaux bureaux tout neufs, vous roulez dans de belles voitures, vous donnez des cours à l'université et des conférences à l'étranger, vous vous gargarisez avec vos jolis concepts, les droits de l'homme et du citoyen. Mais laissez-moi rire ! Les citoyens, les vrais, à part votre chauffeur et vos domestiques, vous n'en fréquentez pas beaucoup ! Alors ne venez pas me faire la leçon, parce que moi, les vrais citoyens, les paysans dégénérés, les chômeurs abâtardis, les voleurs sans scrupules, les prostituées sans morale, les enfants des rues sans avenir, les petits fonctionnaires escrocs comme ce Sankaké… ça, c'est mon lot quotidien. C'est moi qui mets les mains dans le cambouis, c'est moi qui plonge chaque jour dans la lie de l'humanité tandis que vous, là-bas, à Ouagadougou, dans vos châteaux et vos palais… »

Maman écoutait la conversation. Elle aurait voulu traiter le procureur de tous les noms d'oiseaux connus et inconnus mais elle eut la bonne idée de rester silencieuse.

« Bon, on va abréger cette discussion pénible, si vous savez qui je suis, je sais aussi qui vous êtes, monsieur Thiombiano. Je connais vos aspirations politiques contrariées et votre évolution de carrière bloquée. Et aujourd'hui, je sens bien quelle frustration et quelle rancœur vous en concevez. Mais votre conception très personnelle du droit et de la justice est bien la raison pour laquelle vous avez été écarté et il a été jugé préférable de vous cantonner à un rôle subalterne en région. Et permettez-moi de vous dire que certaines voix s'élevaient à l'époque pour que vous ne soyez pas muté à Fada mais à Gorom-Gorom. Vous connaissez ma position au sein du Syndicat burkinabè des magistrats, et aussi au niveau du cabinet du ministre, je vous garantis mon ami que si vous n'apprenez pas à mettre de l'eau dans votre vin je vais vous enterrer dans le coin le plus reculé du pays, à côté de quoi, même un poste à Gorom-Gorom vous paraîtra doux. Je vous préviens donc que, dès ce soir, je vérifierai moi-même auprès de Mme Sankaké que son mari est bien rentré chez lui retrouver sa femme et ses enfants. Et croisez les doigts pour que ce monsieur n'intente pas une action contre vous. Je ne serais pas étonné que le système judiciaire ait besoin de faire sauter un fusible, pour l'exemple, et pour rétablir la confiance de la population qu'ont détruite des gens comme vous. Me suis-je bien fait comprendre ?

— Oui, monsieur le président.

— Passez une bonne soirée. »

Le procureur jeta le combiné sur son bureau sans même prendre la peine de raccrocher avant de s'écrier : « Faux type là ! » Ce que maman et le président de la cour d'appel entendirent parfaitement. De son côté le président, tout en raccrochant, prit une ample inspiration, comme si cet exercice allait lui permettre de retrouver son calme.

« Sale con ! » finit-il par dire à haute voix.

Maman, qui était restée le combiné du téléphone collé à l'oreille, avait suivi toute la conversation. Elle était sidérée. Pour elle, de *grands quelqu'un* comme un juge et un procureur ne pouvaient pas se parler comme deux poissonnières rivales au marché.

Le président, resté coincé dans ses mauvaises pensées à l'endroit du procureur de Fada, mit quelques secondes avant de se souvenir qu'il avait encore maman sur l'autre ligne.

« Hum ! Madame Sankaké, je ne sais pas ce que vous avez pu entendre, mais je vais vous demander de l'oublier, n'est-ce pas ?

— Oh, je n'ai rien entendu du tout, monsieur le président, la ligne est très mauvaise, vous-même, je vous entends très mal.

— Très bien, alors voilà ce que vous allez faire, vous allez rentrer chez vous et vous allez préparer un bon repas pour votre mari qui sera chez vous ce soir. Je vous rappellerai moi-même dans la soirée pour le vérifier.

— Oui, monsieur le président. Merci, monsieur le président. Dieu vous bénisse, monsieur le président. »

Le jour même, le procureur de Fada fit de nouveau venir mon père au palais de justice.

« Vous êtes libre, monsieur Sankaké. »

Papa accueillit la nouvelle avec un léger tressaillement du sourcil droit. Il n'en revenait pas, il était libre, cette nouvelle était comme un vent frais – chose rare au Burkina Faso – qui venait lui souffler au visage. L'autre sourcil tressaillit peut-être aussi un peu. Il avait envie de rire, de crier, de pleurer, mais jamais il n'aurait manifesté le moindre signe de faiblesse devant ce magistrat qui lui avait volé deux années de sa vie. Avant de quitter la salle du tribunal, papa se retourna vers le procureur. Une question lui taraudait l'esprit depuis si longtemps : *Pourquoi m'avez-vous enfermé ?* Il aurait tellement voulu poser cette question, mais le juge baissa son regard sans aucune humilité, plutôt avec l'attitude de quelqu'un qui sait qu'il a fait une grosse bêtise mais qui n'a pas du tout l'intention de l'assumer. Mon père se ravisa et quitta aussitôt la salle.

Papa s'est présenté à la porte, habillé de son pantalon vert et de sa chemise grise, comme le jour où, deux ans plus tôt, les policiers étaient venus le chercher. Il restait immobile dans la cour, n'osant pas entrer dans sa propre maison. Il était trempé.

Le bruit de la pluie torrentielle sur notre toit de tôle ondulée nous avait empêchés d'entendre son arrivée. Mes frères et sœurs étaient absorbés par leurs jeux. Maman était concentrée sur la préparation du repas du soir. C'est moi qui, assise sur le pas de la porte, en train de regarder la pluie, l'ai vu la première.

« Maman ! Papa ! Maman ! Papa ! Maman ! Papa ! » Je gesticulais dans tous les sens.

Maman s'est redressée et l'a vu aussi. Elle a déposé ses ustensiles de cuisine, elle est sortie le rejoindre sous la pluie et l'a regardé longuement, avant de se jeter dans ses bras. Puis, elle a pris son sac, il était presque vide, avec seulement les affaires qu'elle lui avait apportées durant son incarcération. Elle lui a demandé d'entrer se mettre au sec, l'a prié de s'asseoir. Papa s'est exécuté sans rien dire.

« Les enfants, les enfants, votre père est de retour, papa est rentré ! »

Maman a retiré ses chaussures et demandé à Kadi de rapporter de l'eau pour papa. On tournait tous autour de lui, moi la première. Je ne comprenais pas toute cette joie de mes frères et sœurs. Pour moi, papa avait toujours été présent, je l'avais vu très souvent, presque tous les jours en accompagnant maman à la prison. Ce qui était nouveau pour moi, c'était de le voir dans notre maison. La situation et le moment me plaisaient bien. Je n'avais jamais ressenti une telle joie dans la famille.

Tout le monde voulait lui offrir quelque chose, une bière, des babouches, une cigarette, un poulet braisé. Il nous regarda tous longuement, mesurant sur nos visages comme le temps avait passé pendant son absence. Lui aussi avait changé, il était plus vieux, plus maigre, plus fatigué, on aurait même dit qu'il était plus petit qu'avant.

# 18

Au début de mon intervention, la secrétaire générale de l'OIF avait eu l'air très attentif à ce que je disais. Elle était assise au premier rang, mais elle était sans arrêt dérangée par son assistante qui lui parlait à l'oreille en tripotant un téléphone portable, à lire et envoyer des messages directement sous mon nez, comme si ce que je racontais ne l'intéressait pas le moins du monde. À un moment, elle a dit quelque chose à la secrétaire générale qui s'est aussitôt levée discrètement, après s'être excusée auprès des gens assis à sa droite et à sa gauche. Elle est passée devant moi, légèrement courbée pour ne pas gêner les spectateurs. Il m'a fallu un gros effort de concentration pour ne pas perdre le fil de mon intervention et même un gros effort de self-control pour ne pas me laisser submerger par des émotions, disons, contradictoires.

Après la conférence, l'assistante de la secrétaire générale est venue me voir.

« Mme la secrétaire générale n'a malheureusement pas pu assister à la totalité de la conférence. Vous savez que M. le président de la République va venir aujourd'hui. C'est la raison pour laquelle Mme la secrétaire générale a dû sortir durant votre intervention. Elle souhaiterait maintenant vous rencontrer, si vous le voulez bien.

— Mais très certainement. »

L'assistante me fait traverser un long couloir, en papotant avec courtoisie. « Tout se passe bien pour vous ? Vous avez été bien accueillie ? » Elle marche à grands pas devant moi et, chaque fois qu'elle me parle, elle se retourne, comme pour s'assurer que je la suis toujours. Je suis presque obligée de courir. C'est tellement grand ici que j'ai l'impression que je ne saurais jamais retrouver mon chemin. Le bâtiment est composite, sur une construction ancienne on a ajouté des volumes modernes.

On arrive enfin devant une grande et large porte qu'elle ouvre, en s'écartant pour me laisser entrer. « Je vous en prie, madame Sankaké. » Je me retrouve dans un grand salon haussmannien aux couleurs plutôt modernes décoré d'un mobilier contemporain. Des tableaux ornent deux murs immenses, une tapisserie décore le troisième. Ça m'impressionne un peu. La secrétaire générale de l'OIF vient à ma rencontre avec un très beau sourire.

« Yasmina, je suis tellement heureuse de vous recevoir dans ces murs. Merci encore d'avoir accepté notre invitation.

— Tout le plaisir est pour moi, madame.

— Vous avez bien dormi ? Vous avez en tout cas une jolie mine.

— Oui, j'ai très bien dormi. Merci. »

Je me retiens de lui demander « Et vous ? », j'imagine que cela ne se fait pas de demander à la secrétaire générale d'un grand organisme international si elle a bien dormi. En tout cas, je ne suis pas là pour lui parler de mon mauvais sommeil, ni m'étaler sur mes peurs, mes doutes et mes craintes. J'ai une mission à remplir et je compte bien aller jusqu'au bout, même si je ne sais pas trop en quoi elle consiste. Maman m'a dit au téléphone de ne pas me poser toutes ces questions, que si ces gens me faisaient confiance il fallait que je me fasse confiance aussi. Si je ne les intéressais pas, ils ne m'auraient tout simplement pas invitée. Ça tombe sous le sens, mais si ma mère me le dit ça m'aide à me le dire à moi-même aussi.

« Vous savez, reprend la secrétaire générale, le titre de marraine peut sembler parfois un peu anecdotique, mais il ne l'est pas. En tant qu'artiste, vous véhiculez une image qui nous touche. Vous êtes jeune et vous avez de nombreux fans qui le sont aussi. En tant qu'institution, l'OIF peine parfois à intéresser une jeunesse qui peut nous percevoir comme “un machin”, ainsi que le disait le général de Gaulle au sujet de l'ONU, vous voyez ? Une chose abstraite et lointaine dont on voit mal à quoi elle sert. Et puis, vous savez parfois être impertinente dans vos spectacles et cela aussi nous intéresse. N'oublions pas que la langue française est une des grandes langues des Lumières, la France incarne encore aujourd'hui partout dans le monde l'idée de révolution. Le français est une langue avec une aura un peu sulfureuse, qui, comment dire…

— Qui secoue le cocotier ?

— Vous avez trouvé le mot que je cherchais. L'OIF n'a pas vocation à secouer le cocotier, mais nous voudrions défendre une langue qui offre un espace où il est possible de le faire. Je ne sais pas si je me fais comprendre.

— Je crois que si.

— Or, vous, à votre façon, avec douceur et sans agressivité, vous savez faire des propositions artistiques où un irrespect créatif vis-à-vis de la langue française va de pair avec une vraie liberté de ton. Cela vous permet d'aborder des sujets graves, des sujets qui secouent bien le cocotier. Rien ne serait plus fatal à une institution comme la nôtre que d'être associée à une image élitiste et conservatrice.

— Et peut-être trop centrée sur Paris ?

— Parfaitement, vous avez tout à fait raison, nous voudrions promouvoir une langue qui soit, partout dans le monde, un espace de liberté d'expression. Bon, on parle, on parle et le temps passe. Avant la dictée, vous voudrez peut-être prendre une collation. Les traiteurs nous ont préparé des petits fours inspirés de recettes traditionnelles de plusieurs cultures africaines.

— Ah oui ! Comme ce matin ?

— C'est cela. Un dernier point avant que je ne vous libère. Nous aurons la visite du président de la République cet après-midi, il viendra saluer les ambassadeurs, et nous ferons une photo de famille dans la cour du bâtiment. Mais il ne prendra pas la parole, ce sera rapide. J'aimerais que vous soyez en bonne place sur la photo. Cela ne vous gêne pas ?

— Non pourquoi ?

— Vous êtes assez indépendante vis-à-vis de la ligne politique du gouvernement, me semble-t-il, non ? Peut-être ne souhaitez-vous pas vous afficher…

— Oh moi, je ne veux me fâcher avec personne ! Je suis ici pour défendre la Francophonie, le français, c'est une de mes langues, et je me sens légitime et à ma place. Je n'ai pas à me cacher sur la photo.

— C'est bien ainsi que je l'entendais. Je vous laisse aller vous sustenter.

— Vous me laissez quoi ? »

## 19

Après le retour de papa, des problèmes concrets ne tardèrent pas à se présenter, car il n'avait plus de travail. Son poste était occupé depuis longtemps par quelqu'un d'autre. Et si le procureur avait consenti, de mauvaise grâce, à sortir papa de prison, il ne l'avait ni acquitté, ni amnistié, ni réintégré dans ses droits. Pour son ministère de rattachement, papa restait un homme au passé judiciaire trouble, son affaire ne s'était pas réglée de manière à le blanchir complètement. L'espoir de le voir reprendre le travail et rapporter de l'argent à la maison s'effondra rapidement et maman dut continuer à vendre des galettes pour pouvoir nous nourrir.

Bouba voyant que la situation était très compliquée pour mes parents décida d'arrêter ses études pour chercher du travail afin d'aider la famille. L'obtention de son BEPC lui permettait de passer les concours de la fonction publique.

Papa, de son côté, condamné si longtemps à l'inactivité, avait besoin de s'occuper, il décida de se lancer dans le maraîchage. Il sollicita auprès du roi de Fada, le maître et le garant du pouvoir traditionnel local, l'octroi d'une parcelle de terre cultivable près du grand barrage. Ces terres étaient non constructibles, aussi le roi accorda-t-il facilement à mon père ce qu'il demandait. Je crois que c'est à partir de cette période que papa a commencé à se rapprocher de plus en plus de la nature. Lorsqu'il ne cultivait pas sa parcelle, il partait en brousse pour chasser. Il pouvait y passer des journées entières. Grâce à lui nous pouvions manger régulièrement de la viande et nous espérions crouler prochainement sous les légumes.

Je me suis toujours dit que lorsqu'il retournait la terre de sa parcelle ou durant ces longues marches solitaires en brousse, la nature lui apportait quelque chose qui soignait un peu la profonde blessure que lui avait infligée la société des hommes.

Désormais, il pleuvait deux heures chaque jour au moins. Partout, la nature recommençait à vivre. Les marigots et les puits se remplissaient, l'herbe poussait rapidement au bord des routes. Dès le matin, on entendait les cris joyeux des femmes. Elles allaient chercher de l'eau, leur canari posé sur la tête. Elles ne faisaient plus la queue au puits. Les enfants jouaient partout et se promenaient dans tout le quartier. C'était les vacances depuis un mois.

Chaque matin, papa coupait les buissons, arrachait les herbes et donnait de grands coups de daba sur son terrain. Comme le terrain était proche du barrage, papa n'avait pas eu à creuser très profondément la terre pour trouver de l'eau. Il fabriqua un puits pour l'arrosage des futures plantations. Il se faisait parfois aider par mes frères Bouba, Kader et Malik. Le travail de débroussaillage était épuisant, mais personne ne se plaignait. Parfois, ils allaient boire une gorgée d'eau et se remettaient aussitôt au travail, courbés sous les rayons brûlants du soleil.

À midi, maman et moi apportions la nourriture dans de grands plats. Ils arrêtaient de travailler et nous rejoignaient sous l'arbre à l'ombre duquel nous avions installé notre pique-nique champêtre. Ils mangeaient avec un appétit d'ogre les plats de maman. Le travail donne faim bien sûr, mais il faut dire que maman a toujours été une bonne cuisinière. Même au plus fort de la misère, avec un rien, elle arrivait à préparer un bon plat.

Pendant que tous se reposaient, en profitant de la fraîcheur de l'arbre, je ramassais les herbes et les branches coupées par papa et mes frères, c'était ma façon de contribuer.

Parfois, on voyait un rat voleur, surpris dans sa cachette, s'enfuir à l'approche des coups de daba. Les rats voleurs sont, comme leur nom l'indique, une espèce de rongeurs à qui on prête la capacité de voler des choses étonnantes. On m'a plusieurs fois raconté l'histoire d'un paysan qui avait perdu son âne et qui l'avait retrouvé dans la brousse, toujours attaché à sa longe, laquelle était fichée dans le trou d'un rat voleur. Je n'ai jamais pu savoir si cette histoire était vraie ou pas. On disait aussi que les rats voleurs étaient capables de voler de l'argent. Je me demandais ce qu'un rat pouvait faire avec de l'argent mais puisque tout le monde le disait, ce devait être vrai.

Dès qu'il voyait un rat voleur, notre chien, Toupasse, se précipitait sur lui. Souvent il le rattrapait. Certains jours, grâce à Toupasse, on en attrapait quatre qui servaient à la préparation du repas du lendemain. Mais maman ne raffolait pas de cette viande, elle n'en mangeait jamais. On dit qu'une femme enceinte qui mange du rat voleur mettra au monde un voleur-né. Ça non plus, je n'ai jamais su si c'était vrai ! Maman n'était pas enceinte mais elle se méfiait quand même.

Il faisait presque nuit quand nos cultivateurs maraîchers rentraient à la maison. Papa et mes frères étaient fatigués mais contents d'avoir pu nettoyer la parcelle. Petit à petit, jour après jour, le champ a pris forme, on se préparait à semer. On espérait une belle récolte.

Souleymane, lui, traînait avec sa petite bande de copains. Ils attrapaient des vers de terre qui sortaient du sol. Comme il pleuvait beaucoup, les marigots étaient remplis de poissons. Les vers leur servaient d'appât.

Papa le mettait chaque fois en garde et lui défendait d'aller pêcher au grand barrage. Mais Souleymane a toujours été un récalcitrant. Un jour, il se faufila dans la cour profitant de ce que maman faisait sa sieste pour récupérer *incognito* la canne à pêche de papa. Et il partit avec sa bande à la conquête de gros silures au grand barrage. Au début, tout se passait bien, chacun avait jeté son hameçon dans le barrage, ils étaient assis tous les quatre au bord de l'eau sur la digue construite pour la route qui traverse le barrage. C'est le seul endroit où il y a suffisamment de fond pour attraper les gros poissons.

Salif, le plus petit de tous, sentant sa canne bouger, se leva et se précipita pour l'attraper mais il glissa du pied droit et tomba dans le barrage. L'aîné de la bande, Drissa, plongea dans l'eau pour le rattraper car Salif ne savait pas nager. Le courant était fort, et Salif se faisait emporter par les vagues. Il hurlait en sortant de temps en temps la tête de l'eau. L'eau des barrages était calme durant toute l'année, mais pendant la saison des pluies, elle était agitée comme une mer. Bien sûr, qui a vu les rapides du fleuve Congo ou les grands rouleaux de l'océan Atlantique ne sera pas impressionné par les petits clapotis des barrages burkinabè. Mais pour des enfants du Sahel, une vague, aussi minuscule soit-elle, est une vague. Et de toute manière, quand on ne sait pas nager…

La tête de Salif apparaissait et disparaissait par intermittence, ses cris étaient de moins en moins puissants, il fatiguait. Drissa non plus ne savait pas nager, et lui non plus n'avait pas pied. Mais à force de gesticuler dans l'eau, il arrivait à flotter et à se déplacer. Il finit par rejoindre Salif qui ne criait plus, ne bougeait plus, il commençait à couler. Drissa tenta de l'attraper par un bras en gardant lui-même la tête hors de l'eau. Tout le monde était paniqué. Drissa se débattait, s'épuisait sans parvenir à remonter la tête de Salif à la surface. Drissa commença à pleurer, il avait peur, il comprenait que son ami était mort, il comprenait qu'ils avaient fait une énorme connerie, il comprenait qu'il était complètement dépassé par la situation. Lui, le grand Drissa, ne gérait plus rien, ses sanglots gênaient encore plus sa respiration. Sur la rive, ils criaient tous :

« Drissa ! sors de l'eau, laisse tomber, il s'est noyé ! Allez, fais demi-tour ! Reviens ! »

Souleymane et les autres garçons pleuraient. Ils venaient d'assister à un drame. Drissa parvint à regagner la rive. Il était affaibli, il sanglotait, il se sentait coupable, tout ça c'était à cause de lui. C'est lui qui les avait obligés à venir avec lui au bord de ce barrage.

Des adultes qui pêchaient dans les environs furent attirés par les cris des enfants. Mais ils arrivèrent trop tard. Un homme se jeta à l'eau, suivi d'un second, pour tenter de récupérer le corps de Salif, il avait déjà sombré.

Une petite foule s'était formée autour des garçons et les regardait en silence. Certains s'improvisèrent secouristes et tentèrent d'évaluer l'état de Drissa, qui pleurait en grelottant. Des femmes ajoutèrent leurs cris aux pleurs des enfants. On entendit quelqu'un expliquer ce qu'il convenait de faire en pareil cas. Et d'autres encore créer une sorte de cellule de crise psychologique pour tenter de rassurer les enfants. Chacun voulait se rendre utile, au moins être associé à l'événement.

Une heure plus tard, les policiers et les pompiers arrivèrent. Ils constatèrent qu'il n'y avait rien d'autre à faire qu'attendre que le barrage recrache le corps de Salif. Souleymane entendit le chef des pompiers qui parlait avec un policier :

« Quand le corps commencera à pourrir, la décomposition des viscères produira du gaz. Tant que le corps ne sera pas gonflé de l'intérieur par ces gaz, il ne remontera pas à la surface, ça peut prendre plusieurs jours.

— Pourvu que les poissons n'attaquent pas trop le corps. C'est toujours affreux quand des parents doivent identifier le corps de leur enfant, alors si, en plus, il est altéré. J'ai eu le cas dans un incendie une fois, le corps de l'enfant n'était même pas reconnaissable.

— Ici à Fada ?

— Non, à Bobo. J'étais en poste là-bas avant. »

Souleymane n'en perdait pas un mot. Des images terrifiantes traversaient son esprit. Les policiers prirent les dépositions de tous les enfants et des témoins avant de conclure à un accident stupide. Ce n'est que vers 18 heures, quand le soleil commençait à se coucher, que l'incident fut officiellement déclaré clos par l'inspecteur de police.

Une dame qui connaissait notre famille et qui avait une mobylette proposa aux policiers de ramener Souleymane. Elle déposa mon frère devant la porte de la cour. Maman était sur la terrasse à ramasser son mil.

« Bonsoir, madame Sankaké. »

Ma mère leva la tête pour voir qui entrait dans sa cour et quand elle vit le visage de la femme, elle comprit que quelque chose était arrivé. Ma mère a toujours eu une sorte de sixième sens.

« Bonsoir, madame, entrez, je vous en prie. »

Son pressentiment se renforça quand elle vit Souleymane qui se tenait prudemment derrière la dame. Cet enfant n'était sur terre que pour faire des conneries.

« Souleymane, qu'est-ce que tu as encore fait ? Toi là, tu vas finir par me tuer un jour. Tu finiras par arracher mon pauvre cœur ! Attends un peu…

— Madame Sankaké, votre fils vient de vivre un drame, s'interposa la dame. Votre fils et ses amis viennent de perdre un camarade au barrage, il a été emporté par l'eau il y a deux heures. »

Ma mère s'était immobilisée, elle resta comme une statuette en pierre, comme si elle attendait d'autres informations. Puis, elle réagit enfin :

« Quoi ? Comment ça, madame ? Mais quel camarade ?

— Le fils de Pierre et de Philomène.

— Eh Dieu ! » s'écria maman.

Elle regarda Souleymane. Mon frère était terrorisé, il tremblait comme une plume. Ma mère s'avança vers lui, il recula pour s'abriter d'une pluie de coups mais, au lieu de le frapper, maman le serra très fort dans ses bras. Elle avait les yeux levés vers le ciel, et prononçait des mots qu'on n'entendait pas très bien. Elle remerciait le ciel de lui avoir ramené son fils sain et sauf et de nous avoir épargné un drame. Souleymane resta accroché dans les bras de maman en pleurant de plus en plus fort. La dame ressortit de la cour sans faire de bruit. Ce soir-là, on ne se retrouva pas après le dîner comme d'habitude pour se raconter des histoires sur la terrasse. On se coucha très tôt.

# 20

Le drame du barrage gela la vie du quartier pendant plusieurs jours. Souleymane ne sortait plus rejoindre sa bande, qui ne venait plus le chercher non plus. Au marché, tout le monde parlait de l'événement, mais à voix basse, de peur que Pierre ou Philomène soient dans les environs. Chacun spéculait sur le temps qu'il faudrait pour que le corps de Salif remonte à la surface. Si ça se trouvait, un gros silure l'avait déjà mangé, il y en a d'énormes dans le barrage. Certains disaient que c'était le génie du barrage qui avait réclamé son dû. Il y avait une croyance à Fada : le barrage était habité par une femme génie qui prenait une vie tous les ans. Et de fait, chaque année le barrage faisait une victime.

Mais la vie, comme toujours, finit par reprendre ses droits, laissant Pierre et Philomène seuls, avec ce grand trou impossible à combler. Plus personne n'en parla. Pour toutes les familles, dont la nôtre, la nécessité de survivre, au jour le jour, imposait de poursuivre la lutte quotidienne qu'est la vie dans un pays pauvre.

Un matin, ma mère entendit à la radio que l'État organisait des concours afin de recruter des agents pour le ministère de l'Éducation nationale et pour celui de l'Agriculture. Elle appela immédiatement mon frère Bouba et lui en parla. En fait, elle ne lui demanda pas vraiment son avis.

« Mon fils, prépare tes dossiers pour ces deux concours. »

Bouba, bon fils, écouta les conseils de maman et commença à rassembler tous les documents nécessaires. Mais encore une fois se posa l'épineux problème de l'argent du transport. Les concours avaient lieu à Ouagadougou. Le délai était trop court pour permettre à mes parents de rassembler suffisamment d'argent pour payer l'aller-retour entre Fada et Ouaga en voiture. Il fut donc décidé qu'il irait à mobylette jusqu'à la capitale. Bouba avait déjà fait ce trajet, à l'aller et au retour, pour son BEPC. Il n'avait aucune envie de recommencer, il savait ce qui l'attendait, les nids-de-poule, les gendarmes couchés, les trois crevaisons. Il ne voulait plus revivre cela. Sentant l'embarras, pour ne pas dire le désespoir, de mon frère, maman lui dit :

« Je comprends tes craintes, je sais que c'est un voyage difficile, mais tu vas y arriver, mon fils. Demain, j'irai au marché de bétail vendre encore quelques plats, j'aurai de quoi t'acheter de l'essence. »

Que pouvait refuser un fils à une mère qui vendait ses derniers biens pour lui offrir un avenir meilleur ?

Le marché se tenait tous les trois jours. Les gens arrivaient de partout avec du bétail dans l'espoir d'en tirer un bon prix, mais on trouvait aussi toutes sortes de choses sur ce marché. Les produits étaient exposés dans des calebasses, des paniers ou des sacs vides étalés à même le sol. Maman et moi nous sommes installées entre les vendeuses de farine et les femmes peuhles qui proposaient du lait caillé et des boules d'akassa – papa aimait beaucoup ça, les boules d'akassa, maman lui en achetait souvent, elle ajoutait du sucre pour lui. À côté des vendeuses de lait, il y avait des forgerons qui vendaient des dabas, des haches, des couteaux. Un peu plus loin, des hommes se reposaient à l'ombre d'un filao en buvant du zomkoom. Maman était installée là, au milieu de tout ce monde. Elle espérait attirer les clients avec ses plats.

Dans ce marché, les gens allaient et venaient, bavardaient, se bousculaient, heureux de se retrouver. Mais rares étaient les gens qui avaient les moyens d'acheter plus que ce qu'ils étaient venus chercher. Maman ne tira pas grand-chose de ses plats. Elle revint à la maison chercher deux tapis.

Le surlendemain, elle remit à Bouba la somme de quatre mille francs CFA, pour l'essence et le séjour à Ouagadougou.

« Fais un bon voyage, mon fils, et que le bon Dieu te protège. » Nous avons tous regardé mon grand frère prendre la route.

Au bout de cent quarante kilomètres, la mobylette tomba en panne. Bouba fut obligé de passer la nuit dans un petit village qui bordait la nationale. Le temps de réparer la mobylette, mon frère arriva le lendemain à midi à Ouagadougou. Le concours du ministère de l'Agriculture ayant déjà commencé, mon frère ne put passer que le second, celui de l'enseignement.

Un mois après les épreuves, mon frère apprit qu'il était reçu. Maman était tellement contente qu'elle chanta toute la journée. Quant à papa ! Mon frère devenait fonctionnaire. Mes parents étaient si heureux, un de leurs fils était sauvé ! Donc la famille l'était aussi.

Hélas, Bouba fut affecté à Bogandé, un village à cent trente kilomètres. Tout le monde s'était réjoui qu'il obtienne aussi rapidement une affectation, mais il fallait qu'il trouve un moyen de rejoindre son poste. Son administration ne prenait pas en charge les déplacements. Alors, ma mère, une fois de plus, puisa dans les réserves. Elle décida de vendre un de ses magnifiques tapis tissés par de grands artisans. C'était un de ses investissements d'avant, du temps de la splendeur, elle réservait ce tapis pour le cadeau de mariage de notre sœur Kadi. Cette fois, elle réussit à en obtenir un bon prix. Avec cet argent elle acheta à mon frère une casserole, deux assiettes, deux cuillères et un mini-réchaud. Elle lui remit en outre la somme de cinq mille francs CFA, pour qu'il puisse se débrouiller en attendant son premier salaire. Mon frère nous fit ses adieux et prit la route de Bogandé pour enseigner.

On se demande quel type de pédagogie a pu adopter mon frère alors qu'il n'était titulaire que d'un BEPC et qu'il n'avait jamais reçu la moindre formation, et quelle vocation l'animait, lui qui avait passé ce concours de l'Éducation nationale faute d'avoir pu passer celui du ministère de l'Agriculture. Bouba adorait jardiner avec mon père dans la parcelle. Il était naturellement plus porté vers l'agriculture que l'enseignement. On croit souvent qu'on choisit sa vie, mais c'est la vie qui choisit et on suit.

La vocation d'enseigner est une mission presque sacrée, tant la question de l'éducation est importante pour l'avenir de l'Afrique, le moins qu'on puisse dire, c'est que Bouba était passé à côté. Sa vocation était de se mettre à l'abri du besoin pour rassurer mes parents, et accessoirement pour avoir les moyens de les aider quand le besoin se présenterait. Il y avait aussi le projet de s'installer, de prendre une femme, d'acheter une maison. Enseigner ne venait qu'ensuite. La formation de la jeunesse n'était pas son but, non qu'il la méprisât, bien au contraire, mais sa propre formation et les moyens dont il disposait ne lui permettaient pas de faire de miracles. Il le savait. Pour autant, les enfants de Bogandé n'ont pas été plus mal formés que ceux d'autres villages, car mon frère n'était pas une exception, loin de là. Il incarnait même une sorte de norme dans sa profession. Heureusement, le sérieux dont il avait toujours fait preuve dans la vie s'imposa dans sa façon d'exercer son métier, aucune famille n'aurait pu se plaindre de la qualité de son enseignement.

# 21

Pendant que Bouba enseignait comme il le pouvait à Bogandé, il y avait eu des évolutions à Fada. Le procureur et le juge avaient été mutés. Nous aurions bien voulu que le scandale de l'incarcération de mon père soit la raison de leur disgrâce, mais il n'en était probablement rien. Ces mutations correspondent à la vie normale d'un ministère, rien n'est immuable, même la fonction publique. L'affaire de mon père n'était jamais qu'une des multiples erreurs judiciaires qui encombrent ici les tribunaux.

Le nouveau juge, comme souvent, voulut marquer son arrivée dans la région en imprimant sa différence. Avant lui, la justice était lente et partiale, les choses allaient changer. Les nouveaux mots d'ordre étaient rapidité, transparence, efficacité. On allait voir ce qu'on allait voir ! Ensuite, bien sûr, les choses reprendraient leur cours, lenteur, opacité, dysfonctionnement.

Il commença par faire le ménage dans son nouveau bureau et parmi les nombreux dossiers qu'il eut à trier, celui de papa attira son attention. Il avait plus ou moins entendu parler de cette affaire qui avait défrayé la chronique judiciaire de la ville. Il s'attarda sur cette étrange histoire de détournement de fonds publics dont le seul suspect avait été libéré, faute de preuves, après un injustifiable et interminable séjour en prison. L'argent n'avait jamais été retrouvé, aucun coupable identifié, le dossier était bancal, mal ficelé et présentait toutes les caractéristiques de l'erreur judiciaire. L'ancien procureur avait-il poursuivi mon père pour éviter de poursuivre les vrais coupables ? Avait-il simplement refusé de revenir sur son erreur par orgueil ? Cela arrivait. Le juge pensa qu'une bonne manière de marquer les esprits serait de clarifier cette affaire connue pour avoir été très mal gérée par son prédécesseur. Il convoqua papa.

« Bonjour, monsieur Sankaké, je vous en prie, asseyez-vous. Monsieur Sankaké, j'ai plus ou moins entendu parler de votre affaire. On m'a rapporté à quel point votre épouse avait fait preuve de courage et de persévérance pour vous sortir de ce mauvais pas… »

Mon père regardait le juge sans dire un mot, assez inquiet et ne comprenant pas vraiment ce qu'on attendait de lui.

« Vous devez vous demander pour quelle raison je vous ai fait venir aujourd'hui, n'est-ce pas ?

— À vrai dire, oui.

— Pour commencer, touchez-vous un salaire ?

— Non, monsieur le juge, je n'ai pas touché mon salaire depuis cinq ans.

— Depuis cinq ans, dites-vous ?

— Oui, monsieur le juge.

— Bon, comme vous le savez peut-être, je viens de prendre mes fonctions, il y a à peine trois semaines. Je reprends donc les dossiers laissés en souffrance par mon prédécesseur. Il se trouve que votre dossier n'est pas clos, monsieur Sankaké. En tout cas, l'affaire ne peut pas se terminer comme cela. Mon collègue n'a pas vraiment bouclé votre dossier dans les règles de l'art et le respect des procédures. »

Mon père le regarda avec les yeux grands ouverts, son corps entier commençait à se crisper. Son sourcil gauche trembla légèrement.

« C'est-à-dire ?

Monsieur Sankaké, ne vous inquiétez pas, on ne vous renverra pas en prison. Il faut simplement qu'on procède d'une autre manière pour clore votre dossier et lever formellement les accusations qui pèsent encore sur vous.

— Des accusations pèsent encore sur moi ? Mais on m'a libéré ! Qu'est-ce qui va se passer ?

— Encore une fois, rassurez-vous. À ce jour vous n'êtes plus poursuivi par la justice. Toutefois, votre dossier n'a pas été correctement finalisé sur un plan juridique, ce qui entraîne des complications administratives. Et c'est notamment la raison pour laquelle vous ne percevez pas votre traitement d'agent de la fonction publique. Je vais donc envoyer une lettre au ministère des Finances pour demander qu'un expert-comptable soit dépêché ici, depuis Ouagadougou. Il viendra étudier la situation de plus près. Mais vraiment, il n'y a aucune inquiétude à avoir, monsieur Sankaké. Il ne s'agit que de régulariser tout cela. Je vous tiendrai informé au fur et à mesure de l'évolution de la procédure. »

Effectivement, une semaine plus tard, un expert-comptable venu de Ouagadougou se présenta aux services des finances. Il étudia le dossier de papa ainsi que le rapport du juge d'instruction qui, sans le disculper clairement, n'apportait aucune preuve de son implication dans les graves irrégularités dont on l'avait accusé. Il reconstitua aussi comme il le put l'historique des dépenses de la famille. Dans un pays où règne l'économie informelle, l'exercice fut compliqué, mais il lui apparut assez clairement que la pseudo-fortune attribuée par certains à notre famille n'était qu'une invention. On ne peut pas empêcher la rumeur de circuler, la jalousie des uns fait toujours le malheur des autres, dès que maman dépensait cinq cents francs au marché, il se trouvait forcément une mégère pour dire que cet argent provenait du détournement de fonds.

Une fois de retour à Ouagadougou, l'expert-comptable transmit à son administration un rapport qui non seulement blanchissait entièrement mon père, mais proposait que sa situation soit régularisée. Le juge fit savoir à papa qu'il était maintenant officiellement déclaré innocent et que toutes les charges qui avaient été retenues contre lui étaient déclarées nulles et non avenues. L'administration de tutelle de papa, le ministère des Finances, prendrait donc contact avec lui pour que sa situation soit actualisée.

Un matin, un monsieur se présenta devant notre cour et demanda à parler à papa. Il était parti cultiver son jardin, maman indiqua où le trouver. Une demi-heure plus tard, maman, en train de faire sécher du linge dans la cour, vit papa arriver essoufflé.

« Djelila, tu n'imagineras pas ce qui arrive ! Je viens de voir un monsieur à l'instant même qui m'annonce que je dois venir toucher mon salaire. Tu comprends ce que ça veut dire, ma chérie ? Notre vie va redevenir comme avant.

— Tu vas reprendre ton poste ?

— Ah ça, apparemment non, pas tout de suite. Mon ancien poste est occupé par quelqu'un d'autre, et je ne pourrai pas réintégrer officiellement les effectifs avant d'avoir reçu un courrier officialisant ma réaffectation. En revanche, je toucherai mon traitement tous les mois ! »

Maman regarda papa, interloquée. Elle était au moins aussi étonnée de ce qu'il venait de lui annoncer que de le voir sauter de joie comme un gamin. Avoir de l'argent chaque mois, être sûr qu'on ne manquera de rien, faire des projets d'avenir, penser enfin à tout ce à quoi on s'était interdit de penser depuis cinq ans… Tout redevenait comme avant. Enfin, presque. Car ce qu'avait vécu notre famille l'avait profondément modifiée. Papa était devenu plus amer, aigri contre les autres, et plus généralement, contre le pays. Maman, à l'inverse, était sortie renforcée, mûrie par les cinq ans qu'elle venait de vivre.

Tout était devenu beau autour d'elle. Elle regardait défiler ces années de galère, de doutes, de souffrances et d'humiliations comme autant de gros nuages noirs que le vent éloigne et qui laissent la place à un grand ciel bleu. Elle revoyait les voyages interminables, les gens rencontrés et les nuits passées dehors sur la terrasse, obligée de se cacher de ses enfants pour pleurer, avec pour seul témoin le grand tamarinier de la cour. Aujourd'hui, l'horizon était dégagé, l'avenir s'annonçait serein, elle aussi était là, debout et solide comme ce tamarinier.

# 22

Le jour où son salaire, le premier salaire depuis si longtemps, fut versé sur son compte, papa se précipita à la banque et revint à la maison les poches remplies de billets. Il n'avait rien laissé sur son compte, même pas un franc. Il ne faisait plus confiance à personne, ni à aucune institution. Cette administration pour laquelle il avait travaillé toute sa vie avait été capable, sur la base d'un soupçon infondé, peut-être même la simple dénonciation calomnieuse d'un jaloux, de tout lui retirer, son argent, son travail, sa dignité, sa liberté, sa famille. Et soudain, des années après, sans plus d'explication, tout lui était rendu, pas un mot d'excuse, sans aucune esquisse de dédommagement. Désormais, il voulait avoir la certitude que ce salaire était pour lui, à personne d'autre qu'à lui. Et la meilleure manière de veiller sur cet argent était pour mon père de le garder dans ses poches.

Papa décida de faire un cadeau à tout le monde. Le lendemain, maman nous emmènerait chercher du tissu au marché et nous conduirait ensuite chez le couturier pour nous faire des tenues. C'en était fini de cette humiliante image d'indigents que la famille avait renvoyée à tout le quartier pendant des années. Nous étions restaurés dans notre dignité, il fallait que cela se voie. Nous n'avons presque pas dormi de la nuit tant nous étions tous excités à cette idée. Le lendemain matin, maman qui avait l'habitude de réveiller Kader et Malik n'eut pas à le faire. Ils étaient tous les deux déjà debout.

Après le petit déjeuner, maman m'a pris la main et nous sommes tous allés au marché dans la boutique de Madi, le marchand de tissus. Il nous reçut avec un large sourire aux lèvres, il connaissait très bien maman, à l'époque, elle venait acheter tous ses tissus dans son établissement.

« Ah ! Bonjour, madame Sankaké, quel bonheur de vous revoir, ça fait deux jours, hein ? Vous êtes dans le pays là seulement ? En tout cas vous êtes rayonnante, hein ! Comme d'habitude ! »

Ça faisait plus de six ans qu'il n'avait plus revu maman mais il trouvait qu'elle était rayonnante comme d'habitude ! Ah, ces marchands ! Toujours un sourire commercial et une flatterie !

« Bonjour, Madi. Oui je suis dans le pays là seulement.

— Oh ! C'est vos enfants tout ça là ?

— Oui ce sont mes enfants, Madi, et il en manque un, l'aîné, qui a eu le concours d'enseignant, il est devenu un grand professeur. Il enseigne à Bogandé. C'est un très bon professeur, toute la ville est très contente de lui. »

Maman était toujours très fière quand elle parlait de Bouba !

« Et celle-là, demanda-t-il en me désignant, c'est la petite dernière ?

— Oui, c'est la benjamine ! »

Il se mit à me tapoter la joue, sans me demander mon avis. Pourquoi les adultes pensent-ils toujours faire plaisir aux enfants en leur tapotant la joue ?

« Ah ! Madame Sankaké, quand on vous regarde comme ça là, on ne dirait même pas qu'un enfant est sorti de votre ventre, hein ? Vous êtes comme une mademoiselle. Toujours fraîche comme ça là, M. Sankaké a beaucoup de chance, hein ? »

Madi savait flatter les femmes, technique éprouvée pour les pousser à acheter toujours un peu plus que ce qu'elles avaient prévu d'acquérir. Cela dit, il avait de très belles étoffes, de toutes les couleurs, de toutes les qualités, des wax magnifiques, des basins luxueux et de grands rouleaux de textiles venus d'Europe. On ne savait que choisir. Dès que notre œil était attiré par un beau tissu, Madi en avait toujours un autre à nous montrer, encore plus beau, encore plus cher, avec des rayures, des ronds, des fleurs. Finalement, c'est maman qui a choisi pour nous tous. Madi a mis tous les achats dans deux grands sacs et aidé maman à les porter jusqu'à la porte.

« Au revoir, madame Sankaké, au revoir les enfants, revenez quand vous voulez. »

Maman nous emmena ensuite chez Adama, derrière le grand marché. C'était un des rares tailleurs réputés pour son honnêteté et la valeur de son travail, deux qualités rarement réunies chez une seule personne dans cette profession. Maman avait plusieurs fois fait coudre des habits chez Adama, elle n'avait jamais été déçue. Son atelier ne désemplissait pas. Des femmes, des hommes saturaient son échoppe du matin au soir, chacun tentant de négocier pour que sa tenue soit prête le jour même ou pour qu'elle coûte moins que le minimum. Adama nous fit asseoir sur un banc dans l'entrée. Une demi-heure après, ce fut notre tour. Il prit les mesures de tout le monde, maman lui avait expliqué précisément ce qu'elle attendait de lui en lui tendant les deux sacs de tissus. Adama demanda à maman de revenir deux semaines plus tard pour les essayages. On était tous contents.

Après ce premier salaire, papa fut rémunéré tous les mois. Le jour du versement, il se précipitait chaque fois à la banque, vidait son compte et revenait à la maison des billets plein les poches de son grand boubou. La vie normale de la famille avait maintenant repris son cours. Maman continuait à faire des galettes, papa à travailler dans son jardin. Il avait pris goût à ces longues heures solitaires à s'occuper de ses fruits et légumes. Il y puisait une tranquillité d'esprit qu'il ne trouvait plus dans la compagnie des hommes. Un concombre peut pourrir avant maturité, être mangé par des animaux mais il ne vous trahit pas. Si vous vous occupez bien de lui, il grandit, il devient beau et il vous nourrit. C'est simple, il n'y a pas de coup fourré chez les légumes. En revanche, il était plus surprenant que maman poursuive la vente des galettes. Peut-être que, elle aussi, avait gardé de toute cette aventure un fond d'inquiétude qui la poussait, comme papa, à ne compter que sur ses propres ressources.

La passion de papa pour le maraîchage prit une ampleur inattendue. Il avait été rejoint par plusieurs personnes intéressées par son activité et, surtout, par le rendement qu'il parvenait à obtenir de cette terre. Il s'était même investi dans une association pour le développement du maraîchage qui connut un réel succès, au point que tout le secteur fut bientôt défriché et cultivé par des familles de plus en plus nombreuses. Le maraîchage était très peu développé dans cette ville, et papa fut un des premiers à mettre en valeur une pratique qui existait dans sa région d'origine. Il connaissait des techniques agricoles qu'il enseigna bientôt, au sein de son association. Le paria d'hier était devenu un modèle.

Après quelque temps, vers la fin de l'année, toujours sans nouvelles du ministère des Finances, maman demanda à papa d'aller quand même voir le juge.

Mon père expliqua au magistrat que sa suspension avait été levée et qu'il touchait son salaire. Mais tout n'était pas rentré dans l'ordre puisque personne ne lui avait encore demandé de reprendre le travail.

« Monsieur Sankaké, vous devez recommencer maintenant à travailler, lui dit le juge.

— Monsieur le juge, je me suis présenté au bureau et mon supérieur hiérarchique m'a dit qu'un courrier pour prouver la levée de ma suspension avait été envoyé mais qu'aucune lettre n'était arrivée pour signifier que je reprenais effectivement mon poste. Selon mon supérieur hiérarchique, je ne suis donc pas en mesure de reprendre le travail.

— Monsieur Sankaké, présentez-vous au bureau tous les jours comme les autres et repartez chez vous le soir comme les autres. Entendu ?

— Oui monsieur le juge », acquiesça poliment mon père qui, au plus profond de lui-même, avait déjà emprunté une autre voie.

Mon père se vivait comme le jouet d'obscures forces administratives, juridiques, peut-être politiques, ou simplement absurdes et capricieuses. Les faits, d'ailleurs, semblaient lui donner raison. Son sort s'était considérablement amélioré depuis sa sortie de prison, mais le sentiment d'être la dupe d'un système ne le quittait pas et s'amplifiait même avec le temps. Son for intérieur ressemblait de plus en plus à un fort imprenable.

En rentrant à la maison, papa fit tout de même part à maman de son entretien avec le juge. Elle connaissait l'évolution de son caractère et craignait qu'il n'en fasse qu'à sa tête. Mais il lui était impossible de désavouer mon père, y compris en privé. Qui aurait pu lui reprocher sa défiance vis-à-vis de l'administration et de la justice de son pays ? Son obsession débordait désormais le cadre du raisonnable, elle portait sur toute forme d'organisation qui rappelait, de près ou de loin, l'État, mais maman ne pouvait pas lui en vouloir. Il fallait tout de même qu'elle veille au bien-être et à la sécurité de la famille, terrain que son mari semblait avoir abandonné.

« Hamado, tu dois faire ce que te demande monsieur le juge.

— Bien sûr, bien sûr. »

# 23

Bouba était maintenant bien installé à Bogandé. Il habitait une petite maison qu'il louait au mois, une chambre et un petit salon. Il était content de son travail et s'efforçait de maîtriser au mieux l'expérience qu'il avait accumulée. La vie au village n'était pas facile mais Bouba disait que, au regard des autres villageois, il jouissait d'une situation plutôt confortable. À Bogandé, on le considérait comme un notable, il était très respecté. Il était assis au premier rang, avec les autres personnalités locales quand avait lieu la cérémonie d'inauguration d'un nouveau puits ou l'arrivée d'un groupe électrogène. Ses élèves travaillaient bien, en tout cas, il ne leur laissait pas le choix. Ces gamins étaient trop nombreux pour qu'il puisse enseigner dans de bonnes conditions sans faire preuve d'une autorité féroce. Il en profitait pour forger son propre caractère. Bouba commençait à fréquenter une fille du village qu'il aimait beaucoup. Elle s'appelait Célestine. On ne l'avait pas encore vue, mais il nous en parlait beaucoup. Une ramification nouvelle de la famille était peut-être en train de pousser du côté de Bogandé.

Nous avons déménagé ensuite dans une autre maison plus grande, dans un autre quartier, pas très loin d'où nous vivions jusque-là. Cela nous rapprochait des écoles et d'un lycée.

Toute la fratrie allait maintenant à l'école sauf moi. Farida était en CM2, Aziz en CE2, Kader dans un lycée technique d'architecture. Malik était en quatrième mais il suivait sa scolarité par des cours du soir. Souleymane avait quitté l'école, il voulait devenir prêtre. Il avait intégré l'Église catholique et Mgr Jean-Marc Kakoumbo l'avait pris sous son aile. Il n'était plus le petit délinquant qui traînait à longueur de journée avec sa bande de vauriens. Quant à Kadi, après son BEPC, elle avait passé le concours d'infirmière et obtenu un poste à l'hôpital de Fada.

Moi j'avais cinq ans. Quand tous mes frères et sœurs quittaient la maison le matin, je me retrouvais seule avec maman. Je récupérais les épluchures de légumes qu'elle jetait en préparant le déjeuner. Assise à côté d'elle, je m'amusais à cuisiner. Je coupais les légumes, fourrais le tout dans une boîte de conserve qui me servait de marmite. Je disposais au sol trois cailloux, trois ou quatre morceaux de bois en guise de foyer et je déposais ma marmite dessus.

Je fabriquais mes poupées avec de l'herbe que j'arrachais dans le jardin. Deux morceaux de bois faisaient les jambes et les bras. Je ficelais le tout avec du fil pour consolider, et je finissais par tresser les racines des herbes que je prenais pour des cheveux. J'habillais mes poupées avec des chutes de tissu récupérées chez les tailleurs du quartier. Très vite, j'ai commencé à m'ennuyer.

Un jour, j'ai pris le chemin de l'école, à l'insu de maman. Je me suis plantée devant une classe de CP et j'ai regardé à l'intérieur de la classe à travers les persiennes. Personne ne me remarqua ce jour-là. Je suis restée une heure à contempler cette classe avec les élèves, ensuite je suis retournée à la maison. Je n'avais rien compris de ce que j'avais vu, mais au moins je savais maintenant où partaient les enfants du quartier tous les matins et d'où ils revenaient tous les soirs.

Le lendemain, je suis retournée espionner la classe. Cette fois j'ai observé les allers et retours des élèves au tableau. Je commençais à discerner les différentes matières. Je suis revenue comme ça quasiment tous les jours. Après une semaine, je savais compter jusqu'à dix.

Maman, qui avait pris l'habitude de me laisser jouer dans le quartier, ne s'inquiétait pas de me voir disparaître, des heures durant, elle ne découvrit pas mon petit manège. Personne ne savait que, tandis que certains faisaient l'école buissonnière, je faisais l'école clandestine, embarquée *incognito* dans une classe qui ignorait mon existence.

Un jour, j'étais à mon poste d'observation à regarder la classe à travers les persiennes, la maîtresse faisait de l'arithmétique. Elle demandait à chaque élève de donner le résultat d'une multiplication. Arriva le tour d'un pauvre gamin, paralysé par la timidité ou l'incapacité à faire l'opération de tête, il se bloqua complètement. L'institutrice insistait, l'encourageait, mais le garçon la regardait avec toute la détresse du monde de ses grands yeux ronds, la bouche entrouverte et désespérément silencieuse. Soudain, je ne sais pas ce qui m'a pris, j'ai donné le résultat à sa place à travers la fenêtre. Je ne crois pas pouvoir dire que j'ai eu pitié de lui, j'étais plutôt mue par la fierté de montrer à tous que je connaissais la réponse.

Tous les regards se tournèrent vers moi. Plus de deux cents yeux qui me regardaient en même temps. J'ai ressenti, pour la première fois de ma vie je crois, ce sentiment d'immense fierté, de toute-puissance et de panique généralisée que j'ai retrouvé bien des années plus tard en montant sur une scène de théâtre.

La maîtresse demanda aux élèves d'arrêter de regarder par la fenêtre et se dirigea vers moi. Mon cœur battait très fort. Quel diable m'avait poussée à venir là, à répondre à la place de quelqu'un d'autre. Elle allait me gronder et pis encore, maman n'allait pas être contente quand elle apprendrait que j'écoute aux fenêtres.

« Viens avec moi, entre dans la classe. »

J'avais les yeux grands ouverts, je ne comprenais pas ce que cette femme me voulait.

« N'aie pas peur, je ne te ferai aucun mal, allez, entre. »

Je m'exécutai. Tous les visages étaient tournés vers moi.

« Comment tu t'appelles ?

— Yasmina, murmurai-je.

— Comment ? Je n'ai pas entendu.

— Je m'appelle Sankaké Yasmina

— Et quel âge as-tu ?

— J'ai cinq ans.

— D'accord. Tu peux répondre à une autre multiplication ? »

Je hochais timidement la tête.

« Donc, je reprends, combien font 2 fois 2 ?

— 2 fois 2 égale 4.

— 2 fois 3 ?

— 2 fois 3 égale 6.

— 2 fois 9 ?

— Heu… 2 fois 9 égale 13…

— Ah bon ?

— Non, 2 fois 9 égale 16.

— Tu es sûre ?

— Oui. Non. Heu… 18 ?

— C'est très bien, va t'asseoir dans la deuxième rangée à la table 3, à côté de Brigitte et d'Éric. »

J'ai obéi, j'essayais de percevoir les sentiments que j'inspirais à mes nouveaux camarades de classe. Allaient-ils m'accepter ou me rejeter ? Je crois que certains m'étaient reconnaissants, car cet intermède les avait peut-être sauvés d'une question de la maîtresse à laquelle ils n'auraient pas su répondre. Mais la majorité me regardait simplement comme on regarde un événement inhabituel. Ce matin-là j'étais l'événement ! Le phénomène. La petite qui sait mieux que les grands. Celle qui attire les regards. Pas désagréable.

À midi, la maîtresse me demanda où j'habitais et me ramena à la maison avec sa mobylette. Maman avait fini par s'inquiéter de ne pas me voir. Elle pensait que j'étais allée jouer dans la cour voisine avec les autres enfants et s'apprêtait à venir me chercher. Je n'avais pourtant jamais aimé jouer avec les autres enfants. Jusqu'à ce que je découvre l'école j'avais toujours été mieux seule, avec mes boîtes de conserve, mes poupées en paille et ma maman.

« Bonjour, madame, je suis l'institutrice de l'école voisine et je vous ramène Yasmina, elle était à l'école avec moi.

— À l'école ? Comment ça à l'école ?

— Madame, depuis une semaine votre fille vient suivre les cours par la fenêtre. Aujourd'hui, j'ai décidé de la faire entrer en classe et je peux vous dire qu'elle est plutôt douée pour son âge. »

J'étais stupéfaite. Ainsi la maîtresse m'avait repérée depuis le début ! Ma mère me fixait avec un regard indéchiffrable. Elle oscillait sans doute entre fierté et réprobation tout en faisant ses calculs, certes l'école coûte cher, mais en même temps elle ne m'aurait plus dans les pieds toute la journée… Depuis combien d'années n'avait-elle pas eu d'enfants dans les jambes ou sur le dos ? Est-ce que cela lui était même déjà arrivé ? L'institutrice interrompit ses réflexions.

« Madame, voici ce que je vous propose, votre fille n'a pas encore l'âge d'aller à l'école, mais je souhaite qu'elle vienne en classe avec les autres élèves. Il faudra simplement lui acheter un cahier et une ardoise. Pour le reste, je m'en occupe.

— Mais madame, je…

— Madame Sankaké, l'interrompit l'institutrice, croyez-moi votre fille est très douée, elle a compris les principes de l'addition, de la soustraction et de la multiplication simplement en observant les autres enfants à travers la fenêtre. Je prendrai en charge le reste, j'y tiens. »

À partir de ce jour, j'étais devenue une élève comme les autres à l'école de mon quartier. Le matin maman réchauffait le tô à la sauce gombo frais de la veille, mon plat préféré, et je prenais le chemin de l'école qui n'était pas loin de la maison. En route, je retrouvais Alice, Marc et Joël, et nous marchions ensemble, en bavardant intensément, avec nos sacs trop grands.

Dans la cour, des élèves jouaient déjà au foot, d'autres à la marelle, d'autres étudiaient. Soudain la cloche sonnait, et c'était l'heure de rentrer en classe. Vite, nous nous dépêchions de nous mettre en rang avec nos uniformes. Les filles portaient des jupes et des t-shirts, les garçons avaient des pantalons et des chemises. Nous formions quatre rangées, les uns derrière les autres. Gare à celui qui n'obéissait pas à la maîtresse. Tout à coup, elle criait :

« On tend ! »

Dans un geste, qu'on espérait synchronisé, nous tendions alors les bras à l'horizontale jusqu'à toucher du bout des doigts l'omoplate de l'élève devant nous. Puis elle criait :

« Fixe ! »

On ramenait alors le bras vers nous, à la verticale, le long de nos jambes. Comme de petits militaires au garde à vous. Ensuite, on entrait en classe.

# 24

Il est 15 h 40, je suis dans la salle où je dois lire la dictée de la Francophonie. L'émission est retransmise en direct dans le monde entier, je vous l'ai déjà dit. Partout sur la planète des francophones vont écrire leur dictée dans l'espoir de se prouver qu'ils maîtrisent bien cette langue de Molière, qui, pour beaucoup, n'est pas leur langue maternelle. Il y a un cadeau à la clef pour les costauds qui ne feront pas de fautes, deux billets d'avion aller-retour. Pour où déjà ?

Michèle, la dame qui lit habituellement la fameuse dictée et qui en est aussi l'auteure, est à mes côtés. Ça me rassure. On a retravaillé son texte le matin et répété ensemble afin que tout se passe bien. Cette année, il a été décidé pour la première fois qu'elle ne lirait pas la dictée, que c'était à la marraine de le faire. C'est un honneur pour moi, mais je la sens un peu tendue. Je ne manque pas de la complimenter sur la qualité de son texte, je ne veux surtout pas qu'elle se sente mise de côté. Je suis moi-même tendue, je préfère ne pas sentir une présence hostile près de moi. La salle est pleine comme un œuf. En face de moi, il y a la directrice de TV5 Monde qui m'a embrassée juste avant que j'entre dans la salle. Il y a plein d'autres personnalités que je ne connais pas. Celles qui me saluent, qui font comme si elles connaissaient toute mon œuvre par cœur. Et moi, avec la même chaleur dans la voix et le sourire, je fais comme si j'avais beaucoup entendu parler d'elles.

Je suis contente, car le texte de la dictée porte sur l'épopée de la princesse Yennenga, une figure mi-historique, mi-mythique de mon pays. Je connais bien le sujet, mon premier spectacle était fondé sur la vie de cette princesse amazone. Michèle a bien travaillé son sujet. Comme moi dans mon spectacle, elle fait de Yennenga une figure inspiratrice pour toutes les femmes en lutte, en mouvement.

Yennenga est la princesse guerrière qui, par amour de sa propre liberté, défie le roi, son père, et fuit le destin qu'il avait prévu pour elle. Michèle a bien vu en Yennenga une femme capable de prendre des risques pour oser formuler ses propres choix, les vivre et les assumer, imposer ces libertés fondamentales dont tant de femmes aujourd'hui encore sont privées dans le monde. Ce personnage de Yennenga, la princesse amazone, m'accompagne depuis ma première création sur scène. Je voudrais avoir son courage tous les jours et en toute circonstance. C'est mon modèle.

Le courage féminin m'a toujours fascinée. Il est rarement mis en scène sous forme d'héroïsme comme chez les hommes, il est plus terre à terre, plus quotidien. Yennenga n'est pas qu'une guerrière courageuse, c'est aussi une féministe, mais sans tout le discours et la théorie du féminisme moderne, militant et occidental. En Afrique, beaucoup de femmes font preuve de courage au quotidien, pour résister au poids des traditions ou affronter le pouvoir des hommes. J'ai été marquée par une scène qui s'est déroulée dans notre propre cour familiale, une scène dont ma mère était l'héroïne.

Un après-midi elle s'était allongée après le déjeuner, comme à son habitude, sur une natte posée à même le sol entre la petite construction qui servait de cuisine et la maison. Moi, je jouais à côté d'elle. Je devais avoir neuf ans, quand brusquement, une femme du quartier est rentrée dans la cour en courant et en hurlant :

« Au secours maman ! Sauvez-moi maman ! Il va me tuer ! »

Elle était poursuivie par un monsieur dont les intentions semblaient peu amicales.

« Je vais te tuer, connasse ! » criait-il en menaçant de joindre l'acte à la parole.

Ma mère se leva et la femme vint immédiatement se réfugier derrière son dos. Maman fit face à l'homme.

« Écartez-vous, madame, que j'achève cette incapable !

— Je ne m'écarterai pas, si vous voulez battre cette femme, il faudra me passer sur le corps d'abord », dit-elle avec fermeté et sang-froid.

La détermination de maman a suffi à ramollir l'ardeur de cette brute. Je ne me souviens plus de la cause de la querelle entre cet homme et cette femme, mais j'ai toujours gardé en moi cette image du courage de ma mère. Elle aurait pu prendre des coups ce jour-là, mais elle était prête à ça pour affirmer haut et fort qu'un homme n'a jamais le droit de battre une femme. Quelles que soient ses raisons. L'impératif moral est inconditionnel. J'ai grandi avec cette leçon.

Il n'empêche qu'en cet instant précis, face à tous ces gens qui vont m'écouter, ce courage me manque.

Je suis en plein stress, j'ai peur qu'à cause de mon accent les gens ne comprennent pas tout ce que je dis et que cela engendre des milliers de fautes d'orthographe partout dans le monde.

Ça y est c'est à moi. Je commence mon discours :

« Je suis très heureuse et honorée que l'OIF m'ait choisie pour lire sa célèbre dictée. Je ressens au plus profond de moi comme un grand soulagement à la seule idée que ce ne sera pas moi qui serai, cette fois, assise à ma table d'écolière, angoissée à l'idée de truffer ma copie de fautes impardonnables.

» Avant de commencer, je voudrais, si vous me le permettez, remercier Mme la secrétaire générale et tous les membres de l'OIF ici présents pour leur confiance. Je voudrais d'autant plus les remercier que le français n'est pas ma langue maternelle. Moi, d'origine, je suis plutôt mooréphone. Je suis devenue francophone à l'école, dictée après dictée. Vous n'imaginez pas le calvaire !

» C'est une langue si complexe ! Et tellement engoncée dans des règles strictes et rigides que, dès qu'on veut en changer une virgule, il faut convoquer tous les vieux sages sous une coupole. Je crois que l'Académie française c'est plus ou moins l'équivalent français de l'arbre à palabres, non ? Les anciens se demandent s'il faut inclure l'inclusivité dans les pratiques admises. Puis ils rendent un avis consultatif. Tandis que le mooré, ma langue maternelle, a la souplesse et l'agilité des langues de tradition orale.

» Mais avec leurs *chicotes* et leurs dictées, nos instituteurs nous ont peu à peu ouverts à un univers tellement vaste ! En Afrique, si je peux être comprise dans presque un pays sur deux, ce n'est pas grâce au mooré, mais au français. Si je peux jouer mes spectacles en France, en Belgique, en Suisse, au Luxembourg, au Québec, et dans tant de pays d'Afrique, si on comprend mes chroniques jusqu'aux îles du Pacifique ou des Caraïbes, c'est grâce au français. C'est dans la langue de Molière que je suis devenue comédienne.

» La langue française, je me la suis appropriée, je dirais même que je l'ai faite moi. Je suis la langue française ! Et mon accent rappelle que je suis aussi la langue mooré. Pourquoi opposer ces deux langues qui sont les deux piliers de mon identité ?

» La Francophonie, pour moi, signifie union, communion. Partage de valeurs peut-être, partage de destins, sûrement. Elle permet pour moi de rassembler, de partager et aussi de transmettre. Elle est un pont aux multiples directions qui permet à des gens très différents de se retrouver dans un même espace linguistique, qui est aussi un espace culturel, un espace de réflexions, un espace d'échanges et de désirs. Combien de langues, comme le mooré, composent-elles l'espace francophone ? Combien de ponts, combien de passerelles ?

» La Francophonie trace pour nous un des chemins de l'avenir, celui de l'entente mutuelle. En tant qu'outil de partage, elle nous rappelle que, au-delà de nos différences, nous avons un héritage commun à faire fructifier.

» Et à propos de faire fructifier le francophone, si on la commençait, cette fameuse dictée ? »

La dictée est terminée. Certains se sont amusés à me faire répéter quelques phrases à cause de mon accent. C'était taquin mais bon enfant. Et cela m'amusait aussi d'avoir lu cette dictée en bousculant le français, avec ma façon de parler au coupe-coupe même si je n'ai pas bousculé grand monde à l'OIF qui, par définition, est le carrefour de tous les français du monde.

17 heures, on annonce l'arrivée du président de la République. Pour des raisons de sécurité, les policiers font sortir certaines personnes, des accompagnants, des maris et des femmes qui ne figurent pas sur la liste des invités officiels fournie au service de sécurité de l'Élysée par l'OIF. Certains râlent. Ceux qu'il serait délicat de renvoyer dans la rue sont invités à patienter discrètement dans un bureau, le temps que durera la visite du président.

Les autres, les élus, vont dans la cour, le photographe nous attend déjà. Le président et la secrétaire générale ne sont pas avec nous. Nous nous rassemblons sur les marches, selon les indications du photographe. Je discute avec quelques ambassadeurs dont celui du Burkina Faso, je suis très fière, il me présente à d'autres hommes politiques africains. Quelqu'un vient me récupérer et me place en haut de l'escalier avec les ambassadeurs, derrière les hommes et les femmes politiques, mais devant tout un tas d'autres personnes. Je suis quasiment devant. Ça rigole, ça blague, il y a une très bonne ambiance. Je me sens bien.

C'est amusant de voir ces gens si importants plaisanter entre eux, on les imagine toujours sérieux, préoccupés par les grands problèmes du monde. Je suis curieuse de voir le président, enfin surtout de voir à quoi il ressemble, en vrai. Bon, certains vont se dire que je mange la soupe présidentielle et que je m'assieds sur mon indépendance. Mais franchement, ma place, c'est là où je suis. J'ai des principes, et même de grands principes, mais ils ne vont quand même pas me faire cracher sur mon destin ! Je me demande si la secrétaire générale ne veut pas utiliser ma propre image pour passer un message, d'ailleurs. Je suis une artiste à l'esprit indépendant, en me collant sur le portrait de famille, elle veut peut-être indiquer au président que sous son mandat l'OIF sera gérée de manière indépendante… Ou alors, je me fais des films. Tu réfléchis trop ma fille, profite seulement. *Carpe diem*, comme on dit dans les films ou sur les tatouages.

Des hommes à l'allure athlétique, avec des oreillettes et des costumes tristes investissent la cour. Ils ont l'air moins sévères, plus détendus que les gardes du corps dans les films américains, mais leur regard ne cesse de balayer partout, du sol aux fenêtres. C'est un signe, le président va arriver. Soudain le bel ordonnancement des hommes politiques, des ambassadeurs et de toutes les autres personnes présentes commence à houler un peu. Une partie pas très diplomatique de jeux de coudes commence et je me sens peu à peu reléguée au second plan. Bizarrement, personne n'a l'air de passer franchement devant quelqu'un, mais chacun bouge imperceptiblement.

Le président se dirige vers nous. Au début, j'étais bien placée, j'ai même cru que j'allais pouvoir lui serrer la main, mais après ce subtil jeu de coudes et de regards, je me retrouve loin, loin, loin, là-bas, là où le chien est mort ! Devant moi il y a un type grand et gros. Sur la photo de famille de la Francophonie, on voit, devant, le président et la secrétaire générale et, tout au fond, une petite tache noire avec une grosse touffe, c'est moi ! Ça relativise les histoires de place et de destin.

Puis, très vite, il est 18 heures. Il est temps que je me retire pour me rendre au théâtre. La représentation débute à 21 heures. Depuis deux semaines, je suis passée du théâtre du Lucernaire au théâtre de l'Œuvre. Ce soir-là, je sais qu'il y aura la presse, notamment un journaliste de *Télérama*. Je dis au revoir à tout le monde. La secrétaire générale est ravie de sa journée, elle me félicite avant de m'embrasser. Elle me promet de venir me voir très vite sur scène.

# 25

Papa se présenta trois ou quatre fois à son ancien travail. Chaque fois pour rien. On le faisait attendre des heures dans un couloir avant de lui dire que le chef de service, M. Lompo, allait le recevoir. Il finissait par le faire entrer dans son bureau en lui expliquant qu'il comprenait sa situation, mais comme mon père n'avait pas été officiellement réintégré aux effectifs, il lui était impossible de lui trouver une place dans un bureau et de lui réassigner des tâches. De fait, tant que le chef de service n'avait pas reçu d'arrêté de réaffectation, il ne pouvait le réintégrer dans l'organigramme. C'est là toute la magie de l'administration : la responsabilité des décisions vient toujours d'ailleurs, d'à côté, d'au-dessus. Dans la fonction publique, il y a des responsables à tous les étages, sauf à celui du bas. Pour autant, la réintégration complète de papa ne semblait dépendre de personne. Eu égard aux états de service de papa avant « l'incident » et pour ne pas aller à l'encontre de l'injonction que le juge avait faite à papa, M. Lompo finit par proposer un compromis officieux. Il l'autorisa à se rendre dans les locaux de son ancien lieu de travail tous les jours et d'y rester du matin au soir. Simplement, il n'aurait aucun bureau ni aucun dossier à traiter. Il resterait là, c'était tout. Papa décida de ne plus y retourner.

Maman insista, il ne voulait plus rien entendre, il ne voyait pas pourquoi on lui imposait cette situation humiliante. Il en avait tellement subi ces dernières années qu'il refusait de se plier à cette loi. Il préférait passer son temps dans son jardin à s'occuper de ses légumes. Néanmoins, à chaque fin de mois il touchait son salaire.

Et puis, il y eut le coup d'État. Le président fut renversé par un jeune militaire. C'était la révolution. Thomas Sankara prit le pouvoir. Pour beaucoup ce fut une période de grands enthousiasmes. Mais pour au moins autant de monde, ce fut aussi une période de grande inquiétude. Les médias étaient en effervescence, tous les jours on apprenait par la radio de papa de nouvelles purges, de nouveaux hommes politiques qui remplaçaient les anciens. Même si personne n'aimait les anciens, au moins on savait à quelle sauce ils nous mangeaient. Il n'y avait pas de surprise. Mais la révolution engendrait une incertitude extrême. Si les changements de tête avaient lieu du haut en bas de l'administration, chaque famille pouvait redouter des bouleversements dans sa vie quotidienne. Combien de pères de famille allaient perdre leur emploi, être mis au placard ? Finalement, il n'y eut dans notre quartier que peu de familles impactées. De sorte que, même si la présence des militaires et des milices révolutionnaires s'accrut considérablement en ville, nous n'avons pas vu de vraies différences dans notre vie quotidienne.

Bien sûr, les discussions allaient bon train au marché, comme au *dolodrome*. Les langues se déliaient au fur et à mesure que la dolotière remplissait les calebasses de ses clients, avec un dolo de plus en plus fermenté. Papa et maman ne fréquentaient pas les *dolodromes*, mais toute la ville bruissait de mille rumeurs sur ce qui allait advenir. Les notables, devenus de petits-bourgeois-ennemis-du-peuple, tremblaient. Les fonctionnaires se rongeaient les ongles en s'accrochant comme ils le pouvaient à un édifice administratif branlant, comme secoué par un tremblement de terre. Les policiers et les militaires eux-mêmes ne savaient pas trop sur quel pied danser. La révolution tiendrait-elle dans la durée ? Fallait-il faire preuve de zèle révolutionnaire ou rester sur une réserve prudente ? En ces périodes troubles, chacun s'observe. Dans les casernes, les galons peuvent changer de poitrine rapidement, les grâces et les disgrâces sont redistribuées comme des cartes au casino. Papa ricanait de ces fervents défenseurs du régime précédent qui chantaient maintenant fièrement les chants révolutionnaires. Il disait tout le temps : « Révolution ou pas révolution, l'homme est ce qu'il est et il restera ce qu'il est. »

Papa n'était pas vraiment un nostalgique du régime précédent auquel il devait tous ses déboires. Mais il ne croyait tout simplement pas qu'à la faveur d'un retournement politique l'être humain allait soudain, par magie, s'émanciper de sa médiocrité. Et, en posant sa daba sur son épaule, il partait passer la journée dans son jardin.

Peu après son accession au pouvoir, le nouveau président organisa une grande tournée dans les différentes provinces du pays afin de se montrer en personne à tous ses concitoyens. À l'époque, la télévision était un luxe rare dans les familles, la proximité physique avec le peuple restait le meilleur outil de communication politique, après la radio. Dans chaque province visitée, les hauts fonctionnaires locaux étaient incités à faire état des difficultés que rencontraient leurs services. Le nouveau champion tenait à montrer à tous qu'il luttait personnellement contre les mauvaises habitudes, les pesanteurs et la corruption qui caractérisaient le régime précédent. Mais comme cela arrive souvent dans les périodes politiquement confuses, il était bien difficile de savoir si c'était la fin qui justifiait les moyens ou l'inverse. Ce qui ne devait être qu'un audit visant à améliorer le fonctionnement des services de l'État devint rapidement le prétexte à une chasse aux sorcières. Il suffisait qu'ici ou là un directeur de service, un petit responsable quelconque commence à pointer du doigt des boucs émissaires pour que le niveau d'hystérie et de paranoïa augmente. Quoi de mieux pour faire la démonstration de son zèle au nouveau maître que de sacrifier une ou deux brebis galeuses, pour l'exemple.

La misanthropie qui s'était peu à peu enkystée dans l'esprit de papa était peut-être passée aux yeux de certains pour l'expression d'une pensée contre-révolutionnaire. Ou bien c'est son dossier administratif qui, malgré sa réhabilitation partielle, pesa lourd contre lui. Ou alors, sa position de fonctionnaire sans fonction. Toujours est-il qu'il fut dénoncé comme élément nocif, cherchant à s'affranchir de l'effort révolutionnaire. Sans aucune considération pour le calvaire judiciaire et administratif qu'il avait vécu pendant toutes ces années, il fut cette fois accusé d'être un profiteur, une sangsue qui suçait la moelle des citoyens sans rien donner en retour à la Nation. Un parasite.

M. Lompo, son chef de service fraîchement converti aux vertus d'une révolution qui lui avait permis de conserver son emploi, reçut une fois encore papa dans son bureau pour lui exposer la nouvelle situation.

Papa était officiellement démis de son poste, ce qui ne changeait rien en pratique puisqu'il ne travaillait plus. Mais il perdit une fois de plus son salaire. Ils furent nombreux les fonctionnaires qui, comme lui, furent débarqués pour de bonnes ou de mauvaises raisons, sur la base de dénonciations calomnieuses, et qui perdirent tout en une journée. Par chance, papa avait conservé son droit à la retraite.

La période était trop confuse pour qu'on puisse expliquer clairement quoi que ce soit, ou bien les autorités manquèrent de zèle pédagogique, mais papa ne comprit rien à sa nouvelle situation. Il finit par penser qu'il n'avait plus sa place dans la fonction publique, ce qui correspondait aussi à une intuition déjà solidement ancrée en lui. Il retourna dans son jardin. « La terre, ça ne palabre pas pour embrouiller les gens. »

Mais avec la disparition du salaire de papa, la galère refit son apparition dans le quotidien de la famille. Ma mère dut recommencer à travailler de gauche et de droite pour assurer notre survie. Dans sa jeunesse, chez des colons français installés à Ouagadougou, elle avait appris à préparer des plats français avec sa patronne. Certains riches Burkinabè faisaient appel à elle lors des réceptions qu'ils organisaient. Elle lavait leur linge aussi, et le repassait. Et bien sûr, elle poursuivit le commerce de galettes. Heureusement, Bouba envoyait tous les mois un peu d'argent à la famille.

Un matin, cinq ans plus tard, papa reçut une lettre provenant de son ancienne administration. Il l'ouvrit en se demandant ce qu'on pouvait bien encore lui vouloir. Elle lui était adressée par M. Lompo, son ancien chef de service.

« Monsieur Sankaké, écrivait-il, après réexamen de votre situation administrative par nos services, il est apparu que vous remplissez les conditions pour faire valoir vos droits à la retraite. Je vous invite à nous fournir les documents demandés en annexe de ce courrier afin que nous puissions officialiser votre mise à la retraite et déclencher le versement de votre pension. Votre dévoué, Aristide Lompo, chef de service, etc. »

Papa posa négligemment la lettre dans un coin, et se dirigea vers sa daba, posée contre le mur dans la cour. Il ronchonnait son refrain sur « La terre, ça ne raconte pas des bobards aux gens ».

Puis, il prit la route de son jardin sans avoir dit le moindre mot à maman de cette lettre. En fait, sa position avait évolué, il était désormais moins intéressé par le versement de sa pension que par une réintégration, en bonne et due forme. Il voulait qu'on lui rende son bureau, son travail, ses missions et sa dignité.

Un homme avait contribué à cette évolution, Éloi, un délégué syndical. C'était son nouvel ami. Éloi avait soutenu un jour à mon père que son cas était tout à fait inadmissible, qu'il fallait se battre pour réintégrer son poste, qu'il en allait de son honneur de serviteur de l'État, on ne pouvait pas laisser les chefs faire ce qu'ils voulaient des gens, comme ça, prendre un être humain pour le jeter ensuite avant de le rappeler et de le rejeter encore ! D'après Éloi, papa devait refuser de faire valoir ses droits à la retraite et exiger sa réintégration. De ces discussions avec son nouveau copain syndicaliste, papa n'avait rien dit non plus à maman.

Mais elle n'était pas non plus le genre de femme à qui on pouvait cacher quoi que ce soit très longtemps. Quand elle se mettait à soupçonner quelque chose elle était même capable de découvrir ce qu'on ne lui cachait pas. En faisant son ménage dans la journée, elle tomba sur la lettre et le soir quand papa rentra du jardin avec le dos douloureux mais l'esprit tranquille et le cœur apaisé, elle l'attendait.

« Hamado, j'ai à te parler.

— Je t'écoute.

— Pourquoi ne m'as-tu pas informée que ton chef t'avait demandé de faire tes papiers pour toucher ta retraite ? Rassure-moi, tu vas bien faire ta demande ?

— Quelqu'un va m'aider à retrouver mon poste. Si je remplis ces papiers, je ne pourrai plus travailler.

— Hamado, c'est qui ce gars ? Je n'ai pas confiance en lui. Fais tes papiers et va toucher ta retraite, on a assez souffert comme ça.

— Je sais ce que je fais, aie confiance en moi.

— Et moi, j'en ai marre de toute cette histoire. Il faut tourner la page maintenant ! »

Papa était devenu encore plus têtu en vieillissant. Il faisait une affaire d'honneur d'être réintégré, avoir un bureau à lui, des dossiers à traiter, un statut de fonctionnaire. C'était, pour ainsi dire, une revanche qui lui permettrait de regarder du côté du tribunal comme du côté de son ministère et de crier haut et fort à la face de tous ces procureurs, juges, chefs de service et consorts : « J'ai gagné, je suis le vainqueur à la fin, vous avez été obligé de reconnaître vos torts ! »

Sa retraite, il la prendrait bien sûr, mais pas avant d'avoir été réintégré dans ses fonctions et dignités antérieures à l'erreur judiciaire. Maman était désemparée devant autant de détermination butée. Ne sachant plus quoi faire pour convaincre papa, elle décida d'aller voir son père à Ouagadougou. Et mon grand-père lui conseilla d'aller se renseigner aux services des finances.

Par un après-midi chaud, maman traversa toute la ville pour se rendre aux services des finances. Elle fut reçue par une dame de grande taille qui lui dit que le dépôt des dossiers pour la retraite de papa avait une date limite mais qu'il était encore temps. Il restait encore trois mois, mais il fallait que la démarche soit effectuée par mon père. Maman, dans un éclair d'inspiration, répondit à la dame que papa avait disparu dans la nature sans laisser de trace et l'avait laissée seule avec ses sept enfants. Elle n'avait plus de nouvelles de lui.

La dame, prise de pitié, appela son supérieur et lui exposa le problème. L'homme fut ému lui aussi par le mensonge de maman et lui donna le décret de dégagement, ce qui lui ouvrait ses droits à la retraite. Il lui montra les pièces qu'elle devait fournir pour finaliser le dossier.

Elle en fit le compte rendu à son père qui lui conseilla d'aller donner les papiers à papa afin qu'il les remplisse sans tarder. De retour à Fada maman les présenta aussitôt à papa qui le prit mal, comme elle s'y attendait.

« Je ne signerai rien, tu entends ? Je te dis que mon ami Éloi, du syndicat, fait tout pour que je retrouve mon poste. »

Papa avait une confiance absolue en Éloi. Pourtant, cela sautait aux yeux, Éloi n'était qu'un beau parleur, un bon menteur, quelqu'un, comme on dit chez nous, qui pouvait te faire manger des piments et te laisser en assumer les conséquences. Qu'est-ce qui séduisait papa chez cet Éloi ? Peut-être que pour la première fois quelqu'un lui disait qu'il allait se battre pour lui. Son épouse s'était toujours battue. C'était une évidence, elle avait fait preuve d'une détermination sans faille, d'un profond courage. Ses démarches actuelles en étaient encore la preuve. Mais se battait-elle pour lui ou pour les enfants, pour la famille, pour sauvegarder la vie dans la cour familiale ? C'était important bien sûr, il fallait le faire et il ne reprochait rien à maman. Mais Éloi lui parlait d'autre chose, il lui parlait de son honneur d'homme. Il l'engageait dans un combat dont il pourrait sortir la tête haute, un combat pour sauver la face.

Sans se décourager, maman alla voir d'anciens collègues de papa, désormais à la retraite. Elle leur demanda de l'aider afin de constituer le dossier. C'est pour la signature que ça a été compliqué. Un matin que papa était parti dans son jardin, maman appela tous mes frères et sœurs et leur demanda d'imiter tour à tour la signature de papa à partir d'un modèle qu'elle avait trouvé en fouillant dans ses papiers.

Après plusieurs essais ratés, effectués par chacun d'entre nous, c'est finalement Kadi qui fit l'imitation la plus crédible. Maman retourna à Ouagadougou pour la énième fois avec moi, et déposa le dossier aux services des finances.

# 26

Papa, naturellement, ignorait tout de ce que maman avait tramé à son insu. Elle ne laissait rien paraître, et nous non plus d'ailleurs. Deux mois plus tard, un responsable du service des finances de Ouaga contacta le nouveau responsable des finances de Fada, afin qu'il informe officiellement mon père de sa convocation à Ouagadougou.

Papa crut que les efforts d'Éloi avaient porté, qu'on allait enfin lui annoncer sa réintégration immédiate. Il fit donc le déplacement le cœur léger. Mais à sa grande surprise, on lui expliqua qu'il allait désormais toucher sa pension, ainsi qu'un rattrapage de deux millions pour compenser les mensualités non perçues. Sa carrière était terminée.

Papa n'appela personne pour venir le récupérer à la gare. Il n'avait donné aucune nouvelle depuis son départ à Ouaga, on ne savait même pas s'il rentrerait ce jour-là. Nous l'avons vu arriver de loin, maman et moi. Il traversait tranquillement la cour.

« Bonne arrivée ! » lui lança maman.

Papa continua son chemin, comme s'il ne l'avait pas entendue. Maman s'y attendait, elle s'était préparée depuis le départ de papa pour Ouagadougou. Elle savait bien qu'il serait en colère le jour où il découvrirait qu'elle avait préparé le dossier de sa retraite en cachette, en nous impliquant pour l'imitation de sa signature. C'était plus qu'une trahison, un complot ! Elle l'avait fait pour ses enfants, mais aussi pour lui. Elle avait hésité, évidemment. Était-ce bien le rôle d'une femme de prendre en main les affaires de la famille contre l'avis de son mari ? Était-ce honnête de faire tout cela secrètement, de mentir, finalement ? Elle s'était dit que son acte était égoïste mais elle avait fini par se persuader que désormais, au moins, la retraite de papa les mettrait, elle et ses enfants, à l'abri du besoin. Elle avait raison. De toute façon, c'était mieux ainsi. Il fallait que papa arrête d'espérer et de courir derrière Éloi, cet escroc, ce faiseur de rêve qui ne faisait que manipuler des gens.

À chaque *rendez-vous de travail*, papa devait inviter Éloi dans un restaurant. Si papa manquait d'argent pour assurer le prix d'un repas, Éloi parvenait toujours à se faire inviter à la maison, et maman devait préparer une soupe de poulet ou du ragoût avec beaucoup de viande. Quand il mangeait, il ouvrait ses grandes mâchoires et engloutissait le repas comme une vache qui rumine. La bière coulait dans son gosier comme dans un gouffre sans fond et, quelle que soit la quantité de bouteilles que papa avait achetées en prévision de sa venue, ce n'était jamais suffisant. Maman ou un de mes frères devaient aller en chercher d'autres chez l'épicier du coin. Une fois rassasié, Éloi s'appuyait contre le dossier de la chaise en rotant fort. Ah non ! Vraiment, maman ne regrettait rien et, maintenant, elle attendait d'assumer les conséquences de ses choix.

Papa entra dans le salon, déposa son sac dans le couloir. Il retira ensuite ses souliers, chaussa ses tongs et alla s'asseoir dans son fauteuil installé sur la terrasse, dans la véranda.

Aucun mot n'était sorti de sa bouche depuis son arrivée. On aurait dit qu'il venait de passer une nuit à se faire bouffer par des moustiques. Papa se mettait très rarement en colère, mais ce jour-là, il ne pouvait pas cacher ses émotions. Son sourcil droit était crispé vers le haut, son sourcil gauche vers le bas. Il était vraiment en rogne. Maman le rejoignit pour lui demander s'il avait dîné, s'il souhaitait qu'elle lui apporte quelque chose. Mais mon Père continua à l'ignorer. Elle resta un moment debout devant lui puis fit demi-tour et retourna s'asseoir.

Moi, j'étais assise dans un coin en train de jouer avec mes poupées en paille. J'observais la scène de loin. J'aurais aimé courir, comme d'habitude, sur les genoux de papa, pour lui souhaiter la bienvenue. J'aurais aimé qu'il me demande de lui masser le dos et en retour il m'aurait donné un œuf d'âne pour faire une omelette gigantesque. C'était toujours ce qu'il disait pour me convaincre de lui gratter le dos. Je croyais naïvement que les ânes pondaient des œufs. Aujourd'hui, je suis mieux informée sur le mode de reproduction des mammifères.

Cette fois-ci je n'ai pas osé le déranger. Son visage dur avec ses sourcils froissés me faisait peur, je restais à ma place. Et, d'un coup, papa a bondi de son fauteuil, comme s'il venait de voir un revenant.

« Djelila, j'ai à te parler. »

Ma mère s'est levée nonchalamment, avec la démarche lente d'un enfant qui sait qu'il va être grondé. Elle arriva devant papa, elle était prête.

« Oui je t'écoute, dit-elle. »

Papa laissa passer un moment, prit sa respiration et il enchaîna :

« Comment as-tu pu oser faire les papiers de ma retraite à ma place ? »

Maman restait là sans rien dire. Je continuais à regarder la scène, de là où j'étais, sans broncher.

« Tu t'es foutue de moi. Tu m'as humilié. J'étais là, assis comme un con dans le bureau de ce monsieur, à penser qu'on allait me redonner mon poste et toi tu n'as fait que te foutre de moi. Je suppose que tu es contente maintenant ? Tu es allée jusqu'à imiter ma signature ! Non mais tu te rends compte, tu as usurpé mon identité. Tu sais que tu peux aller en prison pour ça ? »

Papa commençait à s'agiter, il faisait de grands mouvements avec ses bras.

« Depuis toujours tu ne penses qu'à toi ! Tu n'as toujours pensé qu'à toi et à ta petite sécurité. Maintenant que je ne peux plus retrouver mon poste, tu seras contente de me voir tous les jours à la maison… »

Papa n'a pas eu le temps de finir sa phrase, il fut interrompu par Kadi :

« Papa, arrête maintenant ! »

Personne ne l'avait entendue arriver dans la cour. J'étais soulagée, car je ne savais pas comment sortir maman de cette impasse. Kadi avait de la colère dans sa voix.

« Si tu n'es plus en prison aujourd'hui c'est grâce à maman. Maman s'est battue jour et nuit pour nous, afin que nous ne manquions de rien. Elle s'est battue corps et âme pour te faire sortir de cette foutue prison. Tu n'imagines même pas tout ce qu'elle a pu subir pendant que tu étais incarcéré. Et aujourd'hui, elle te rend service encore en te faisant obtenir ta retraite et c'est comme ça que tu la remercies ? »

J'étais suspendu aux lèvres de ma sœur. J'étais surprise par son courage. Tout le monde l'était. Elle qui, d'habitude, ne donnait jamais son avis, toujours conciliante, toujours d'accord avec tout le monde, sans jamais élever le ton ! Était-ce la même personne qui parlait là ? J'étais estomaquée. Visiblement papa et maman aussi. J'attendais qu'elle parle encore, qu'elle remette papa à sa place. Mais soudain papa la foudroya du regard.

« Mais qui es-tu espèce d'insolente pour faire face à ton père avec autant de culot ! Où as-tu appris qu'une jeune fille devait tenir tête à son père ? Ta mère ne t'a pas appris que tu ne dois jamais soutenir le regard de ton père. Tu…

— C'est moi qui ai imité ta signature, papa, et je ne regrette pas de l'avoir fait. »

Elle s'interrompit, essaya de lui prendre la main.

« Quoi ? Tu as fait quoi ? »

Papa hurlait, il repoussa Kadi. Il n'avait pas l'intention d'être violent avec elle, ni avec personne, d'ailleurs. Papa n'était pas un homme violent, il était plutôt du genre à manifester son mécontentement, je l'ai dit, par une attitude froide, distante, un jeu de sourcils. Son geste envers ma sœur matérialisait plutôt une tentative inconsciente, comme s'il voulait nier, repousser cette incursion qui le privait de sa colère et du respect que chacun lui devait dans sa maison. Face à ce complot, il voulait marquer sa volonté, se rétablir lui-même au sommet de la hiérarchie familiale. Il avait peut-être eu tort, mais ce n'était pas à sa femme et encore moins à sa fille de lui tenir tête. Elles devaient trouver le moyen de l'amener doucement, avec humilité, à admettre son erreur, à faire en sorte qu'il donne le sentiment à tous de la reconnaître lui-même, sans que quiconque lui ait forcé la main, sans perdre la face. Mais l'état d'exaspération où il se trouvait lui fit mettre plus de force dans son mouvement qu'il ne l'avait souhaité. Kadi voulut faire un pas en arrière pour garder l'équilibre, son talon heurta le fauteuil dans lequel maman était assise. Maman tenta de faire un geste pour la retenir. Mais Kadi, gênée par le fauteuil et les bras de ma mère, ne put se rattraper. Elle tomba en arrière. On entendit le bruit sourd de sa tête tapant contre le carrelage.

« Hamado ! » cria maman.

Elle se précipita vers sa fille étendue par terre, immobile, les yeux ouverts.

« Kadi ! Kadi ! Ça va ? Ça va ? »

Mais Kadi ne répondait pas. Tout en restant allongée, elle faisait des gestes très lents pour se relever, mais elle semblait ne pas avoir assez de force pour se redresser. Ses yeux ronds regardaient autour d'elle avec une expression étrange, comme si elle ne savait pas où elle était, comme si elle ne comprenait pas ce qu'on lui disait.

« Kadi, ma fille ! hurla maman. Parle-moi, parle-moi ! »

Kadi la regardait avec son regard étrange sans rien répondre. Papa se précipita vers ma sœur pour l'aider à se relever, lui aussi criait maintenant :

« Kadi, réponds-nous ! Réponds-nous ! »

Kadi enfin retrouva ses esprits, la scène n'avait pas duré plus de quelques secondes mais elle était interminable. Elle porta une main à sa tête et se frotta la nuque.

« C'est bizarre, dit-elle doucement, je vous voyais me parler mais je ne vous entendais pas. »

Papa la prit dans ses bras le premier.

« Pardonne-moi ma fille, je ne voulais pas, je ne voulais pas… »

Des larmes coulaient sur les joues de mon père, je ne l'avais jamais vu pleurer. Je ne croyais même pas que c'était possible. Maman, elle aussi, s'était mise à sangloter, elle attrapa la main de Kadi la plaqua sur son visage. Je me mis à pleurer aussi, et bientôt tout le reste de la famille, les cinq autres enfants attirés par les cris, qui restaient plantés là en larmes sur le seuil de la porte.

Ce fut Kadi qui reprit la parole la première.

« Papa, dit-elle, il est temps d'arrêter de te battre, c'est fini maintenant. Regarde, maman est encore là et nous aussi on est là. Il est temps que tu lâches prise une bonne fois pour toutes. On s'est tous battus dans cette histoire qui a duré assez longtemps. Tu dois te reposer maintenant, papa, tu en as besoin. Et maman aussi a besoin de repos. »

Kadi prit la main de papa qu'elle enferma dans celle de maman. Papa baissa la tête, des larmes coulaient toujours sur ses joues.

« Je suis désolé, Djelila, je te demande pardon.

— Je te pardonne », répondit maman.

Et elle ajouta : « Pardonne-moi, toi aussi.

— Tu n'as pas à me demander pardon, tu as bien fait. Tu as fait ce qu'il fallait faire. J'étais aveugle. J'étais orgueilleux. Tu es la meilleure des femmes, Djelila. »

Ils tombèrent dans les bras l'un de l'autre. Papa serra très fort maman. Je ne sais pas pourquoi, j'ai applaudi. Tout le monde m'a regardée, et tout le monde s'est mis à applaudir.

## 27

Avec le pécule qu'il avait touché, papa acheta un téléviseur de la marque Sharp. C'était un appareil noir et blanc, tellement beau qu'il n'était presque pas d'occasion. Nous étions tous fiers d'avoir une télévision à la maison. Rares étaient les gens du quartier à en avoir une, plus rares encore ceux qui en avaient une quasi neuve. On l'avait installée sur une petite table au milieu du salon que maman avait recouverte d'une jolie nappe blanche cousue par ses soins. Cette télévision, c'était le fétiche familial qui trônait sur l'autel du salon.

Notre famille avait frôlé la mendicité, elle était désormais restaurée dans sa dignité. Il fallait que cela se sache. Aussi, tous les soirs, à partir de 19 heures, avait lieu la cérémonie de la sortie du téléviseur. On déposait l'appareil au milieu de la cour et tout le monde – famille, voisins, enfants de la rue, commerçants de passage – s'agglutinait dans la cour devant le poste. Comme nous étions les seuls à posséder un appareil qui fonctionne parfaitement, tous les téléspectateurs du quartier venaient chez nous.

Les voisines les plus avisées envoyaient leurs enfants équipés de tabourets dès 17 heures pour réserver les meilleurs emplacements. Nous, nous asseyions tout devant, sur des nattes qu'on disposait au sol.

L'unique problème : la maison n'était pas raccordée au réseau électrique. Nous ne vivions pas ça difficilement, très peu de gens avaient l'électricité chez eux à l'époque. On branchait simplement la télé à une batterie, qu'on donnait à charger toute la journée chez Arouna, le boutiquier du quartier. Il faisait une ristourne à mes parents, et le soir on lui réservait trois bonnes places pour lui et ses deux épouses. Papa partait récupérer la batterie vers 18 heures. Dès qu'on entendait revenir sa mobylette, on courait tous dehors, avec les enfants du quartier, on lui formait une longue escorte de galopins galopants.

Il n'y avait pas de programme, bien sûr, c'était la surprise chaque soir. Parfois c'était un western, mon père adorait ça. D'autres fois, un film de karaté, Bouba était fan de Bruce Lee. De temps en temps aussi, un débat ou un film français. Nous ne comprenions pas toujours les films français. Il ne se passait rien, les personnages parlaient beaucoup mais on aimait ça tout de même, car on pouvait voir des images des paysages de France, de villes françaises, regarder comment mangeaient les Français, l'intérieur de leurs maisons. C'était un peu étrange, les Français nous les avions toujours connus, même les plus vieux des tontons les avaient toujours connus, mais on ne savait pas grand-chose de leur vie au quotidien. Rares, parmi nous, étaient ceux qui étaient allés en France. Et ceux-là ne se privaient pas de commenter ce qu'on voyait à l'écran. Ils ne faisaient d'ailleurs, en général, que décrire ce que tout le monde voyait car ils n'avaient pas grand-chose à dire, il ne suffit pas d'avoir été dans un pays pour le connaître.

Un soir que nous étions tous plongés dans la nuit noire, à 20 h 30, l'heure du film, avec nos seuls visages éclairés par l'écran lumineux et nos yeux qui brillaient d'avance du spectacle merveilleux de cette fenêtre magique ouverte sur des mondes exotiques, il y eut *Jean de Florette*. Passé un premier moment où chacun tenta en silence de comprendre le contexte de l'histoire, son intrigue et le rôle de chaque personnage, les commentaires commencèrent à fuser.

« Mais qu'est-ce qu'il est fourbe et méchant ce Papet ! Un vrai entourloupeur ! En tout cas, moi, à la place d'Ugolin, je n'aurais jamais cimenté une source. »

C'était Alidou, notre voisin d'en face, qui parlait.

« Ces choses se font peut-être en France, mais on ne fait pas ça ici, dit une grosse dame que personne ne connaissait.

— En tout cas, ajouta Grégoire le boucher, si Papet avait participé au Paris-Dakar et qu'il était passé par ici ce soir, on l'aurait attrapé, bien ligoté au manguier de la cour et *chicoté* comme il faut. »

Grégoire avait raison, le vieux Papet se conduisait mal avec Ugolin. Tous, nous avons fini par prendre la défense d'Ugolin Soubeyran. Les commentaires allaient tellement bon train qu'avant la moitié du film plus personne ne suivait ce qui se passait dans le poste.

Papa aussi avait fini par se mêler à la discussion. En tant que propriétaire de la télévision, il se devait d'avoir des propos mesurés, au-dessus de la mêlée. Il lui revenait de ramener un peu de sagesse dans la petite communauté des téléspectateurs dont il sentait qu'il avait la charge.

« Bon, c'est vrai, dit-il, le Papet s'y prend mal, mais moi je le comprends. La transmission du nom d'une famille et de sa terre à la génération future, c'est un devoir. »

Moussa, un jeune enseignant qui habitait un peu plus haut dans la rue, estima alors qu'il était de son devoir d'apporter au débat l'éclairage de sa connaissance des sciences humaines.

« Je vous comprends très bien, papa, et je souscris pleinement à votre thèse. Toutefois, vous n'ignorez pas que dans notre pays la science notariale est très mal maîtrisée par les notaires eux-mêmes et il n'est pas rare d'assister à des situations qui seraient cocasses si elles n'étaient pas tragiques. Je me prends moi-même comme exemple, pour apporter plus d'objectivité à mon argument. Figurez-vous que j'ai récemment acheté un terrain, à dix kilomètres d'ici, à un monsieur qui disait en avoir hérité. Eh bien, ce même terrain avait déjà été vendu par un autre monsieur, qui disait aussi en avoir hérité, à un autre monsieur qui le louait lui-même à une dame. Celle-ci avait le projet d'y installer sa famille, mais le jour où elle arriva avec armes et bagages, elle trouva là un imam en train de dessiner les plans de sa future mosquée. Lui aussi venait d'acquérir ce terrain d'un troisième monsieur qui en avait aussi hérité. Eh bien, croyez-moi si vous voulez, mais quand je me suis rendu au commissariat de police pour faire valoir mes droits sur cette parcelle, j'ai trouvé tous les autres propriétaires de mon terrain qui agitaient le même titre de propriété que moi. Et même le locataire !

— Mais taisez-vous donc ! cria la grosse dame, on n'entend plus le film ! »

La discussion battait son plein quand soudain la batterie s'est mise à fumer et la télé s'est éteinte. Chacun s'est retourné vers Arouna. Il était déjà en train de raser les murs, filant vers le portail de la cour, caché derrière ses deux épouses.

La panne n'a pas empêché le débat de continuer jusqu'à une heure avancée de la nuit, chacun spéculait sur la fin de l'histoire de Papet et d'Ugolin.

# 28

Toute la famille est réunie. Maman porte un grand boubou jaune en basin que son tailleur Adama lui a cousu. Papa est habillé lui aussi d'un grand boubou bleu ciel avec des babouches blanches et un beau chapeau de la même couleur que son boubou. Mon frère Bouba se marie enfin avec sa jolie fiancée. C'est le mariage coutumier. Quelle ambiance !

Dans la cour des femmes vont et viennent, chargées de grands seaux d'eau, ce sont mes tantes, venues du village, qui s'activent à terminer la préparation du jus de tamarin et du bissap. Des jeunes filles préparent le riz au gras dans une grosse marmite. Au fond de la cour, Kader aide d'autres jeunes hommes à dépecer trois moutons. Aziz et ses copains déplument des poulets. Kadi et Farida se sont mises au travail aussi et plongent des boules de farine dans de l'huile très chaude. Tout ce petit monde s'active dans la cour. Moi, je suis chargée de piler le soumbala qu'on ajoutera dans la soupe de mouton.

À 14 heures arrive un homme tout de blanc vêtu, avec des babouches encore plus pointues et recourbées que celles de papa et sur la tête un kufi rouge dans le style marocain. Il porte aussi une grande et lourde cape avec de beaux motifs brodés en fil d'argent. Son visage est noble et grave, en partie masqué par de grandes lunettes de soleil, comme celles d'Elton John. Il est accompagné de plusieurs hommes. Maman les accueille chaleureusement et les installe sur une natte à l'ombre, tout près du mur. Chacun s'approche du monsieur, c'est l'imam du quartier. Je ne l'avais jamais vu dans sa tenue d'apparat, celle des grandes occasions. Sous sa direction tout le monde prie pendant au moins une demi-heure.

Ensuite vient le moment des bénédictions, beaucoup de gens remettent des cadeaux pour Célestine, la jeune mariée. Après, c'est la fête. Ça mange, ça papote, ça rit fort, ça gueule parfois et ça danse surtout.

Célestine n'a pas participé à la cérémonie, elle est cachée depuis une semaine chez une de ses tantes dans un endroit inconnu. Ce n'est qu'après le repas du soir que nos tantes à nous pourront aller la chercher. Pour pouvoir repartir avec la nouvelle mariée, elles devront payer un certain montant déterminé par les tantes de la mariée. Les négociations peuvent durer très longtemps.

Papa et maman entament une danse, tout le monde les entoure et tape des mains. Une ronde se forme. Papa danse très mal mais il est très enthousiaste. Maman l'encourage. Les gens rient, papa danse de plus belle.

Je reste installée sur la natte en observant ma famille. Elle est heureuse, je suis heureuse. Je regarde mes frères et sœurs manger, discuter avec des amis, des membres de la famille de Célestine, je souris en voyant mes parents danser, je me répète que nous sommes devenus plus forts, plus soudés que jamais. Pour la première fois, j'ai l'impression de vivre quelque chose de plus profond que la joie du moment, un sentiment de sécurité, de confiance dans l'avenir.

# 29

Aujourd'hui c'est le quinzième anniversaire de la mort de papa. Trente ans et des milliers de kilomètres se sont écoulés. Je suis dans ma loge, dans cinq minutes je vais monter sur scène. J'aurais tant aimé être à Ouagadougou auprès de ma mère, de mes frères et sœurs.

Je finis d'ajuster ma tenue de scène, mon maquillage, ma coiffure. Tout est déjà parfait mais ça me calme de m'occuper les mains avec ces petits détails. Mon texte est étalé sur ma table sous le miroir. Je n'arrive pas à le lire. Entre deux retouches de fond de teint mes yeux parcourent les lignes sans que ma mémoire retienne plus rien. Cela ne me trouble pas. Je suis déjà troublée. Le trac. Ce soir il y a du beau monde dans la salle, le producteur, la presse culturelle. Et le fameux critique de *Télérama*, qui est là aussi. Si je me plante, je suis ruinée. Je sais que mon producteur espère un bon papier dans la presse nationale qui aidera à vendre le spectacle à de nouvelles villes, de nouveaux festivals, à alimenter la tournée. Si le critique de *Télérama* est déçu, j'espère qu'il aura la bonne idée de ne rien écrire. Le pire serait qu'il me crame dans un papier incendiaire. Comment se relève-t-on d'une critique incendiaire ?

Je l'imagine lire le dossier de presse. *Yasmina conte avec dérision et autodérision son parcours, riche en péripéties, qui la mène de son école primaire en Afrique aux scènes parisiennes. Chacune de ses aventures est l'occasion d'une réflexion drôle et délicate sur les décalages culturels entre la France et l'Afrique. Son spectacle est une traversée initiatique dans un monde de brutes. L'école n'est pas douce en Afrique pour les écoliers. L'arrivée en France est dure pour une migrante désargentée. Le parcours professionnel est compliqué pour une jeune Africaine non diplômée. Mais c'est en surmontant ces épreuves que la jeune fille devient une femme maîtresse de son destin. Yasmina fait, avec ce seule en scène, un retour sur elle-même et souhaite offrir une belle histoire, grave et légère, à laquelle chacun peut s'identifier.*

Qui a écrit ce texte ? Il est censé donner envie au spectateur de venir me voir sur scène mais il ne dit rien de ce que contient mon spectacle. Il ne dit rien des obstacles qu'il a fallu surmonter pour en arriver là, sur cette scène, dans cette lumière. Les humiliations qu'il a fallu accepter, les espoirs effondrés, les défaites qu'on maquille en victoires. Il ne dit rien des doutes, de l'envie de reculer, de renoncer et de retourner au pays.

Aujourd'hui, je suis là, à Paris, je vais donner le meilleur de moi-même devant trois cent quarante inconnus au lieu d'être auprès des miens aussi soudés dans le souvenir de papa que le jour du mariage de Bouba.

On vient me chercher. C'est le moment. Je monte sur scène et vérifie une dernière fois que tout est en place. Le régisseur plateau me fait un clin d'œil, il tend vers moi son poing serré avec le pouce redressé : tout va bien. Il me chuchote :

« Merde.

— Je prends. »

Je me mets en place, le rideau s'ouvre. C'est parti.

« J'ai huit ans. Je suis en classe de CE1. Aujourd'hui, c'est composition. Quand c'est composition, notre maître nous propose un tirage au sort. Il y a deux choix : la chanson ou la récitation. Moi, ce que je préfère, c'est la récitation. RÉCITATION ! Je suis fièrement plantée au milieu de l'estrade, dos au tableau. Tous les regards sont fixés sur moi, surtout celui de l'instituteur qui joue nerveusement avec sa courroie de mobylette. Je vois les yeux de mes camarades. Certains m'encouragent, d'autres espèrent que je me trompe. Le silence est total, tout juste brouillé par le passage d'un troupeau de moutons, d'une mobylette au loin. Je me souviens des heures que j'avais passées à répéter cette récitation à mon père... »

Le texte se déroule tout seul, je suis en pilote automatique. Les gens rient. Ils sont concentrés, tout va bien, mais je ne suis pas dedans. Mes pensées s'envolent malgré moi vers cette femme que j'ai quittée pour aller vivre mon destin si loin d'elle, si loin de tout. Serai-je jamais digne d'elle, aurai-je jamais le courage qu'elle a eu, son obstination dans la lutte, contre ses propres doutes, jusqu'à la victoire ? Me pardonnera-t-elle de l'avoir laissée là-bas au pays ? J'ai tant à apprendre d'elle encore.

Au premier rang, il y a cette vieille dame, la main posée sur la cuisse de sa fille qui doit avoir mon âge. La vieille dame est vêtue d'un boubou en wax mais elle est blanche. Une bourlingueuse, j'en suis sûre. Une de ces Françaises qui sont tombées amoureuses de l'Afrique et même d'un Africain. Sa fille est une métisse un peu épaisse mais au visage doux et harmonieux. Je ne sais pas pourquoi, je suis certaine qu'elles sont mère et fille. Elles pourraient être amies, tante et nièce, collègues dans une ONG humanitaire, ou simplement voisines, ou un couple d'amoureuses. Elles me regardent toutes les deux avec une telle intensité ! Elles rient peu, elles n'applaudissent pas, mais quel regard ! Je ne dois pas me laisser distraire, c'est la dernière scène, celle du dialogue avec ma mère, le projecteur éclaire le centre du plateau. Cour et jardin sont plongés dans le noir.

« J'ai donné des cadeaux à tout le monde, même aux voisins. Puis ils ont demandé la route pour rentrer chez eux et je me suis retrouvée seule dans la cuisine avec maman, à faire la vaisselle.

“Je t'écoute.

— Quoi, maman ?

— Tu n'as rien à me dire ?

— Non, maman… Enfin, si. Maman, je ne travaille plus au salon de coiffure.

— Quoi ? Tu as perdu ton travail ?

— Non, je l'ai quitté, maman.

— Mais qu'est-ce qu'on va devenir maintenant ?

— Maman, je suis comédienne.

— Tu es comé… quoi ? Comédienne ?

— Oui, je fais du théâtre.

— Du théâtre ? C'est vrai ma fille ? Comme ton père et ton frère ? Ah ! Ma fille, raconte-moi tout. Je veux tout savoir !"

Elle m'a posé plein de questions. »

Le projecteur éclaire le côté cour de la scène, où se trouve ma lampe tempête. Je me déplace pour la saisir, j'augmente le niveau de la flamme.

« Elle voulait savoir comment s'était passée ma première scène.

"Maman, j'avais tellement peur que je suis allée m'enfermer dans les toilettes, mon ventre n'arrêtait pas de faire goulou-goulou. C'est le régisseur qui est venu me sortir de là. Comment ? Oui bien sûr que j'ai joué, maman ! Oh ! Maman, tu aurais vu le public ! Si tu avais été dans la salle tu aurais été fière de ta fille !"

Elle m'a demandé qui j'avais rencontré. Si j'avais rencontré Nagui.

"Non, maman, pas encore. Maman, tu sais quoi ? quand je suis sur scène, c'est comme si j'étais en train de faire l'amour avec mon public.

— Faire quoi avec qui ?

— Mais non maman, ce n'est pas ce que tu crois. C'est juste que quand je suis sur scène c'est un tel bonheur pour moi. Je me sens vivante !"

On est resté là à discuter pendant un long moment, ensuite maman est allée se coucher dans sa chambre, moi dans la mienne, et dix minutes plus tard je suis allée toquer à la porte de maman.

"Kô kô kô ? Maman je peux entrer ?

— Oui, entre ma fille.

— Maman, la vie en France n'a pas été facile pour moi ; il y a eu des moments même où j'ai failli baisser les bras. Quand je vous ai quittés, j'étais si jeune, j'étais tellement jeune que je n'ai même pas su comment vous demander la route. Et dans mes moments difficiles, je ne comprenais pas à quel point j'avais besoin de votre amour et de vos bénédictions. Aujourd'hui, je suis là et je voudrais vous demander la route comme il se doit. Maman, je demande la route.

— Mais ma fille tu crois que tu as réussi tout ce parcours grâce à quoi ? Mais on t'avait déjà donné la route et tu avais toutes nos bénédictions. Je sais combien tu as souffert, mais tu es une princesse, la petite-fille de Naaba Zendé, chef du village de Soumniaga. Ton grand-père et tous les autres monarques de notre lignée, y compris ton père, veillent sur toi. Tu es partie petite fille et regarde-toi aujourd'hui, tu es devenue une femme qui tient son destin entre ses mains ! Je suis fière de toi ma fille.

— Merci, maman. Dis, maman, je peux rester dormir avec toi cette nuit ?

— Toi grande fille comme ça tu as encore peur du noir. Va dans ta chambre, oui. Eh Rouki, c'est pour rigoler, allez, viens dormir avec ta vieille mère. Espèce de petite peureuse ! Regardez-moi comment elle marche, avec sa tête là… Ah ça, c'est ma fille, ça !

— Bonne nuit maman.

— Bonne nuit ma fille." »

La lumière des projecteurs faiblit jusqu'à ne plus laisser que la flamme de la lampe tempête, puis je l'éteins. C'est le noir. Un silence timide et les premiers applaudissements.

Quand la lumière revient sur le plateau pour le salut final, mon regard est aimanté par ces deux femmes du premier rang, leurs yeux sont mouillés, elles applaudissent à s'en faire mal aux mains. Je me demande quelle est l'histoire de cette mère et de cette fille.

Ma manière à moi d'être digne de ma mère, c'est d'avoir le courage de monter sur scène pour lui rendre hommage. Ce n'est pas rien de monter sur scène, seule face à trois cents ou quatre cents personnes. Ce courage-là, c'est à elle que je le dois. Et puisque nous n'avons pas le droit de garder pour nous ce qui nous a été transmis, je dois faire quelque chose de ce courage. Je dois le partager, la scène est le lieu du partage. Ma manière à moi de conjurer la distance qui nous sépare, ma mère et moi, c'est de parler d'elle tous les soirs à des centaines d'inconnus, pour souder ce que la distance risquerait non pas de rompre, mais de ronger lentement. Je sais que mon père aime bien ça, d'où il nous observe.

Après m'être changée, démaquillée, avoir salué les régisseurs et les derniers techniciens encore présents, je me dirige vers la sortie des artistes. Dans la rue, devant la porte, je vois la vieille dame du premier rang. Sa fille me tend une grosse boîte en plastique. Je pose mes trois sacs par terre pour prendre sa boîte en la remerciant.

« Madame, ma fille et moi avons adoré votre spectacle. Il nous a rappelé tant de souvenirs. Vous savez, j'ai vécu longtemps au Burkina Faso, et ma fille y est née.

— Oh ! Vraiment ? Je suis ravie que le spectacle vous ait plu. Donc, votre papa est burkinabè ?

— Heu…

— Mon défunt mari était de Fada N'Gourma, répond rapidement la mère pour couper court à l'embarras de sa fille.

— Oh, pardon, désolée, je ne savais pas.

— En vous voyant sur scène, me dit la fille, on se croyait vraiment au Burkina, j'entendais les bruits de la ville, je sentais même les odeurs !

— Vraiment, c'est trop gentil à vous, je suis réellement ravie si j'ai pu vous apporter un peu de bonheur, c'est un peu notre privilège à nous les artistes… »

En débitant ces banalités mille fois répétées, j'ouvre la boîte et soudain mon cœur s'arrête, elle est remplie de galettes. Les mêmes galettes que vendait maman.

« Regardez sous les galettes, dit la vieille dame, il y a une petite bouteille de miel de Fada. C'est le meilleur miel du monde.

— C'est vous qui avez préparé ces galettes ?

— Oui, c'est moi, me répond la vieille dame. Il y a très longtemps, vous deviez être une petite fille à l'époque, j'achetais des galettes à une femme dans la rue, à Fada, elles étaient tellement bonnes ! Je me souviens, elle avait toujours une gamine sur le dos. En face d'elle il y avait une autre femme qui en vendait aussi, mais elles n'étaient pas terribles. J'ai longtemps demandé à la dame la recette de ses bonnes galettes, mais elle refusait de me la donner. Elle devait se dire que si j'apprenais à les faire je ne viendrais plus lui en acheter. Mais vous savez, je lui en aurais quand même acheté car, contrairement à sa voisine, sa survie et celle de ses enfants semblaient vraiment dépendre de la vente de ces galettes. Je voulais la recette au cas où je change de quartier ou de ville. Ou si je devais rentrer en France. Ce qui a fini par arriver d'ailleurs, après le décès de mon mari. Aujourd'hui, quand j'en fais, les galettes nous replongent au Burkina, pas vrai ma chérie ? »

Sa fille acquiesce au moment où mon taxi arrive. Je ne sais quoi leur dire. Ma gorge est nouée, je les embrasse toutes les deux en les quittant. Je m'enfonce dans le siège arrière et je mange une galette. Je ferme les yeux en serrant la boîte en plastique contre ma poitrine tandis que le taxi m'emporte dans la nuit parisienne.

# Épilogue

Allongée dans le canapé du salon je regarde le bois brûler dans la cheminée. J'aime cette chaleur, cette odeur me fait un bien fou. Je viens de donner ma dernière représentation à Matignon, en Bretagne. Tout s'est bien passé, au-delà de mes espérances. Neuf cents personnes étaient présentes ce soir pour nous applaudir. Je dis « nous » parce que j'attends un enfant depuis bientôt quatre mois. Je suis saturée d'amour, d'enthousiasme, de promesses d'avenir. Mais mon corps est en pleine révolution. Mes goûts changent si vite que c'en est déstabilisant. Je ne supporte plus ce qui me faisait autrefois saliver. Et j'ai désormais des envies de trucs que je n'aurais jamais penser vouloir manger un jour. Je dis « autrefois » et « désormais » comme si je faisais référence à une période révolue de mon existence. Ou plutôt à deux périodes différentes de ma vie qui n'appartiennent pas au même plan, au même niveau de réalité. C'est comme deux histoires de ma vie où des choses possibles dans l'une seraient impossibles dans l'autre, et inversement. Dans ma vie d'avant, par exemple, j'avais un odorat normal. Depuis que je ne suis plus seule dans mon corps, le sens olfactif s'est développé entre le super-pouvoir et l'hyper-handicap. On dit qu'un chien qui passe devant une pizzeria peut, grâce à son odorat, détailler la liste des ingrédients utilisés dans toutes les pizzas du menu. Moi, dans le métro, je peux détailler les noms de tous les parfums, les déodorants, les savons et les gels douche de tous les passagers. Et ceux qui ne se sont ni lavés ni parfumés, je peux dire très exactement depuis quand. Quant aux nausées, rien ne m'oblige à aborder le sujet.

Physiquement, puisque nous sommes deux, la tournée a fini par devenir de plus en plus difficile. Je suis allée quatre fois aux urgences, mon médecin m'a plus que chaudement recommandé de renoncer à la scène jusqu'à l'accouchement. Terminés les voyages en train, en voiture, les nuits dans les hôtels moyens, la *gastronomie* de catering, le stress, le trac. La représentation de Matignon a été la dernière, et tant pis pour la fin de la tournée. Ce fameux trac, l'intensité des émotions, l'ampleur de leur variation, entre angoisse totale et enthousiasme absolu, étaient décuplés chez moi par le bombardement hormonal auquel mon état me soumet. Je n'arrive plus à suivre mon propre rythme. J'expérimente la loi fondamentale selon laquelle, dans la vie, moins on s'économise et plus le prix à payer est élevé. C'est assez logique après tout, mais curieusement, on n'en prend conscience que par l'expérience. Tout va à l'avenant pour moi en ce moment d'ailleurs. J'ai l'impression de découvrir ce que toutes les femmes savent depuis l'origine de l'humanité.

Tout est surprenant. La grossesse, j'avais fini par y renoncer. L'hypothèse d'être mère avait été remisée dans un coin de mon esprit, plein de poussière et de toiles d'araignée. Un coin où je me rends rarement, où je ne fais jamais le ménage. Avec une logique compensatoire classique et implacable, je m'étais surinvestie dans ma carrière. Mon bébé, c'était mon spectacle et j'avais beaucoup prié pour qu'il rencontre son public. C'est pourquoi j'avais reçu cette tournée comme une bénédiction. Quand on m'annonça le nombre de dates, je n'en revenais pas. Soudain, après des années de galère, de tunnel sans bout, le travail acharné payait enfin. Cette tournée impliquait beaucoup de boulot bien sûr, mais je commençais à me sentir bien. La sourde anxiété que partagent tous ceux dont l'avenir n'est pas assuré desserrait enfin son étau. L'horizon se dégageait et des possibles s'ouvraient.

Je ne l'ai pas compris tout de suite naturellement, mais le petit miracle est venu se loger dans mon ventre dès le début de la tournée. Et celui-là s'est accroché de toutes ses forces. Quand les premiers signes sont apparus, je les ai simplement mis sur le compte de la fatigue. Une tournée, c'est du sport ! Mais quand les nausées ont fait leur entrée en scène, j'ai dû me rendre à l'évidence. Comment on dit ça ici ? J'avais un Polichinelle dans le tiroir ! J'aime beaucoup cette expression française. Pour une comédienne avoir un personnage de la *commedia dell'arte* dans le ventre, c'est plus qu'un retour aux sources, c'est presque une incorporation de vocation. D'autant que – et, à y bien réfléchir, les signes du destin ne trompent pas – quand l'étincelle de vie est entrée en moi je revenais de Naples, la ville où est née la *commedia*. J'avais pris quelques jours de repos avec mon mari avant d'attaquer la tournée. J'avais cru choisir cette destination un peu au hasard des promotions des voyagistes, mais, en fait, non. Tout était écrit d'avance, forcément. Cette nouvelle histoire qui s'apprêtait dans mon ventre à se raconter au monde n'était pas un récit indépendant, égaré parmi d'autres récits, c'était le nouveau chapitre d'une longue histoire où déjà se croisaient de nombreux personnages. Des vivants et des morts.

Je me souviens de ces jours où, seule dans ma loge, je prenais peu à peu conscience de cette réalité nouvelle. J'étais enceinte. J'étais enceinte ! Chaque fois que je me maquillais, face au reflet de mon visage, j'imaginais le sien. On dit chez moi que quand une femme est enceinte c'est une part impérissable d'un ancêtre qui revient se manifester dans ce nouveau corps qui se crée dans son ventre. Dans ma langue maternelle on appelle ça le *segré*. Moi par exemple, on dit de moi que je suis le *segré* de mon grand-père paternel. Car je suis la seule dans la famille à avoir hérité de ses oreilles. Mon grand-père paternel était chef de village, un chef aux grands pouvoirs, redouté par beaucoup de monde. On dit qu'il est revenu sur terre à travers moi et que si j'étais un homme j'aurais été chef. Peut-être qu'une part de mon père se retrouvera dans les traits de mon enfant mélangés aux miens. Et à ceux de mon mari et des ancêtres de mon mari… Et de ma mère et des parents de ma mère.

Je cherche son visage parmi tous ces visages. Je l'aime tellement déjà. Mais je ne peux pas m'empêcher d'avoir peur. M'aimera-t-il autant que je l'aime aujourd'hui ? S'accrochera-t-il toujours à moi, comme moi je m'accroche à lui ? J'espère qu'il ne me fera pas le même coup que la dernière fois. Il était venu et il était reparti. Je préfère oublier ça. Cette fois je veux y croire, alors je touche mon ventre pour me rassurer.

J'ai envie de le sentir bouger, qu'il me donne un signe, qu'il me rassure, et me dise aussi qu'il tient à moi. Mais à ce stade, je ne peux pas encore le sentir bouger. Je ne peux vivre tout ça qu'en imagination.

Cette foutue imagination qui ne peut s'empêcher de véhiculer autant d'anxiété que de joie. Je ne peux pas retenir cette angoisse qui monte chaque jour un peu plus en moi. Serai-je une bonne mère, comme l'a été maman ? Serai-je à la hauteur ? Est-ce que je trouverai les mots justes pour le rassurer quand il le faudra ? J'espère que le fait d'être excisée ne posera pas de problème pendant l'accouchement. J'ai entendu et lu tellement d'horreurs à ce sujet.

Quand j'ai eu trois ans, quelques jours après, ma sœur m'a demandé de l'accompagner à la boutique du quartier. Elle m'a dit qu'elle m'achèterait des bonbons. J'ai couru récupérer mes chaussures, elle m'a donné le bras et on a pris le chemin. Mais arrivée devant la boutique ma sœur a continué sans s'arrêter.

« Mais c'est la boutique.

— Oui je sais, mais avant, on va aller rendre visite à une de nos tantes. Et au retour on s'arrêtera pour acheter des bonbons.

— Ah bon. D'accord. »

Nous avons marché jusqu'à une concession. Il y avait une maisonnette construite en banco avec un toit en tôle, une porte d'un seul battant, en tôle également, une case à gauche et une autre à droite. Lorsque nous avons franchi le seuil de la cour, une femme est venue à notre rencontre. Elle s'est adressée à ma sœur.

« Comment ça va ? Et tes parents ?

— Ça va. »

Ma sœur avait l'air de connaître cette dame mais moi pas. Je ne l'avais jamais vue auparavant. Bizarrement ma sœur, sans être impolie, ne souriait pas à la dame. Elle était sérieuse, tendue. D'un autre côté, la dame ne souriait pas vraiment non plus.

« Donc, tu es venue avec l'enfant, a dit la dame en me regardant froidement, sans amour, sans émotion.

— Oui, a dit ma sœur, la voici.

— C'est bien. Traversez la cour et allez derrière la maisonnette, quelqu'un viendra récupérer la petite et toi tu reviendras me voir. Dépêchez-vous. »

Ma sœur me demanda de la suivre. Je m'exécutais, confiante, sans savoir ce qui m'attendait derrière la maisonnette. Et cette fois, une dame au visage franchement dur est venue à notre rencontre.

« Toi, m'a-t-elle dit, tu restes ici. Quant à toi, tu retournes de l'autre côté de la cour pour attendre ta sœur. »

Je n'ai pas eu le temps de comprendre ce qui se passait. La dame m'a prise par le bras, sans ménagement, et elle m'a conduite dans un lieu bizarre, un petit enclos fabriqué avec des fibres végétales tressées, un secco. Quatre femmes étaient là, debout. Malgré l'absence de toit, l'air semblait mal circuler. Il y avait une odeur bizarre, un mélange de beurre de karité et de je ne sais quoi d'autre. J'ai remarqué un petit trou au sol dans lequel il y avait des petits bouts de chair qui baignaient dans du sang. À côté, une grande calebasse contenant de l'eau rougie. Je commençais à paniquer, j'ai voulu m'enfuir. Je me suis débattue, mais mes efforts restèrent vains. Les quatre femmes m'attrapèrent vigoureusement et m'allongèrent sur le sol, puis très vite l'une d'elles réussit à enlever ma culotte malgré mes mouvements brusques de défense. Une autre souleva ma robe jusqu'à ma poitrine, une troisième m'attrapa les deux bras et les deux dernières plaquèrent mes deux jambes au sol. Je ne pouvais pas comprendre pourquoi ses femmes en avaient après moi. Une lame froide pénétra ma chair. La lame glacée, le cœur glacé des femmes brûlèrent mes chairs. Au fur et à mesure que celle qui avait ôté ma culotte me coupait, une douleur indescriptible m'envahissait. Je hurlais de tout mon corps. Je croyais que j'allais mourir. J'appelais ma sœur, ma mère, mon père.

Quand elles eurent fini de découper ce qui les intéressait, la dame appliqua une espèce de mixture noirâtre. Je hurlais. Elle mit entre mes jambes un morceau de tissu puis, à l'aide d'une corde qu'elle noua autour de mes hanches, elle réussit à attacher le morceau de pagne faisant office, plus mal que bien, de compresse hémostatique. Puis, elle baissa ma robe. J'étais sonnée et surtout je ne comprenais pas ce qui les avait poussées à me faire ça. À la sortie de ce lieu de torture où j'aurais pu laisser ma vie – cela arrive souvent –, ma sœur vint à ma rencontre. Elle me prit par la main. J'avais du mal à marcher je ressentais une intense souffrance physique et morale. On n'en a jamais parlé avec ma sœur. La douleur est loin maintenant mais l'odeur de la mixture qu'on m'a appliquée après l'excision pour cicatriser la plaie m'habite depuis trente-sept ans. Elle est là, collée à moi, elle refuse de partir.

Pendant toute mon enfance on m'a laissée croire qu'être excisée était un atout, que cela faisait de moi une fille pure, une fille avantagée par rapport à celles qui ne l'étaient pas, les malheureuses, les impures. Finalement, la douleur a disparu et le sentiment de fierté l'a emporté sur la rancune, sur la rage que j'aurais pu développer contre ma mère, contre ma sœur.

Le temps emporte tout. Ou plutôt, il recouvre tout, mais il n'emporte rien ou presque. Je pensais avoir tout oublié jusqu'à mon arrivée en France. J'avais vingt ans. En fréquentant des filles de mon âge, et en les entendant discuter entre elles de leur sexualité, j'ai compris ma différence. Mon incomplétude ! En écrivant ce mot, je me suis demandé si on pouvait utiliser le mot « incomplétude » en français. J'ai vérifié. Le dictionnaire le définit ainsi : « État de ce qui n'est pas complet, de ce qui n'est pas achevé. » Je ne suis pas une femme achevée, et je ne le serai jamais. Je resterai toujours incomplète. Ça m'a filé un choc de l'apprendre. En fait, les choses sont plus complexes. Même si la chair a été tranchée, la vie se reconfigure autrement. Je sais aujourd'hui que je suis une femme complète, achevée. Par l'effet d'un long travail sur moi-même, certes, je pense aujourd'hui que mon corps a été amputé de quelque chose. Pas ma vie.

La vérité est comme un voile qui, en se déchirant, nous rend incapables de voir le monde comme nous le percevions. Dans son dévoilement le monde renaît, semblable en tout point à ce qu'il était juste avant, et pourtant on ne le reconnaît plus. Sans que rien soit modifié, tout a changé. C'est à ce moment-là que la honte est arrivée. Et avec elle la colère, l'incompréhension.

J'ai cherché, je me suis posé mille et une questions, j'ai remué le ciel et la terre de mon passé. Pourquoi m'avait-on fait cela ? Et comme ces questions ne trouvaient pas de réponses, comme j'étais bien incapable de les poser à ma mère, je les ai mises sous un épais tapis d'oubli, loin de moi.

Un jour, j'avais vingt-cinq ans, une dame m'a abordée dans la rue et m'a remis un tract sur lequel était inscrit le nom d'un médecin, Pierre Foldes, le docteur qui répare les femmes. Et soudain, second dévoilement, second déchirement du voile, tout ce que j'avais essayé de refouler, d'oublier m'est revenu brusquement. Il fallait faire quelque chose. Mais quoi ?

La honte d'en parler était toujours là, comment parler de sexualité ? On ne m'a jamais appris ce langage-là, ça ne se fait pas chez moi. Me plaindre ? Pourquoi ? Il y avait plus malheureuse que moi, non ? Et dans ma culture, l'excision était une chose tellement banale. Peu à peu, j'ai pris le temps de découvrir mon corps, le regarder et surtout l'accepter. Le travail a été long, parfois douloureux, mais je voulais m'en sortir.

Je suppose que cela passait par la nécessité d'en discuter avec ma mère. J'ai attendu d'avoir trente-huit ans, il y a deux ans, pour enfin lui parler. Et j'ai fait du sujet de l'excision un élément important de mon spectacle. Je l'évoque chaque soir quand je monte sur scène. J'en parle aussi dans mes chroniques sur France Inter. C'est ma manière de dépasser ce traumatisme.

Aujourd'hui, au XXIe siècle, on voit encore des jeunes filles victimes d'excision. Certaines meurent, certaines sont traumatisées à jamais, d'autres arrivent à vivre avec. Mais je pense que toutes, comme moi, gardent un gros et douloureux point d'interrogation dans leur culotte. Surtout celles qui ont quitté l'Afrique pour s'installer dans une région du monde où on ne fait pas ça aux petites filles. C'est la raison pour laquelle il est important de dénoncer ce fléau. Il faut en parler, laisser l'information circuler sur le sujet. Ici, en France, quand on évoque les violences faites aux femmes, il s'agit souvent de celles qui sont liées à la haine ou au mépris, les hommes contre les femmes, les parents contre les enfants, les pédophiles contre leur proie. Dans mon cas, comme souvent chez les filles excisées, il n'y avait pas de haine, pas de mépris. Ma mère m'aimait quand elle m'a fait exciser. Il faut ajouter l'ignorance à la liste des raisons qui poussent les gens à des actes de violence.

Je sais que ces questions sont douloureuses, qu'elles passent peut-être mieux quand l'humour les accompagne. J'essaie aujourd'hui, sur scène et à la radio, de faire ce travail. C'est de la reconstruction. Je ne reconstruis pas les corps comme les médecins, mais j'essaie de reconstruire les récits, les histoires, pour que reculent enfin mensonges et ignorance qui accompagnent l'excision, qu'on la débarrasse de sa gangue de narration trompeuse, et qu'elle apparaisse dans sa nudité, pour ce qu'elle est, un acte cruel, stupide et inutile.

La sonnerie de mon téléphone me ramène sur terre.

« Coucou ! »

C'est la voix de mon régisseur

« Alors comment ça va ?

— Un peu fatiguée, mais ça va. Contente d'être au repos, et toi ?

— Super. Ben moi ça va, je vais au Canada jeudi pour un nouveau projet de création.

— Oh mais c'est super !

— Oui, on verra bien ! En tout cas, toi, prends bien soin de toi et, surtout, tu ne fais rien d'autre à part te reposer, d'accord ?

— Oui, chef !

— Allez, bisous ! Et bisous sur ton bidon, je t'appelle à mon retour !

— Ok, bisous ! »

Barnabé est mon régisseur pour la tournée, ça ne fait que quatre mois qu'on travaille ensemble. Mais avec lui, c'est comme si on se connaissait depuis toujours. Il est toujours aux petits soins pour moi. Il s'assure que tout se passe bien, qu'il ne me manque rien. Depuis qu'il a su que j'attendais un enfant, il a redoublé de vigilance et de bienveillance. Ça m'a tout de suite rassurée d'avoir quelqu'un comme lui.

À part lui et mes très proches, personne ne sait que je suis enceinte. Quoique, à ma dernière représentation, quelques personnes dans la salle m'ont fait des réflexions. Mais je préfère ne pas trop en parler pour l'instant. C'est mon secret. C'est mon corps. C'est mon enfant.

Je dois maintenant me reposer. Accueillir un enfant c'est devoir répondre à mille questions. On les traitera les unes après les autres, au fur et à mesure.

Dans un mois maman sera là. J'ai hâte qu'elle arrive. Elle restera trois mois. Elle sera près de moi quand mon enfant arrivera au monde. J'accouche dans quelques semaines. J'ai moins peur, certainement parce que je sais que la Baronne sera tout près de moi. Elle saura me communiquer sa force. C'est une grande chance pour moi de l'avoir à mes côtés. Un cadeau du ciel. C'est elle qui donnera le premier bain à mon bébé. Elle me transmettra son savoir-faire. Je suis heureuse que mon enfant connaisse le même rituel du bain, celui auquel j'ai eu droit quand je suis venue au monde. Et les massages, les gestes qui soulagent, bien d'autres choses encore.

Il faut que je pense à lui demander de me ramener des pagnes. Je n'en ai pas ici. Je pourrais aller en acheter dans des boutiques africaines de Paris, mais je tiens à ce qu'elle ramène des pagnes du pays. Pour pouvoir porter mon enfant sur mon dos. Je ne veux pas de poussettes modernes et pratiques. Je veux des pagnes de là-bas, pour que mon enfant reste bien en sécurité, collé à moi, et qu'il découvre le monde.

À hauteur d'homme.